A Guide to Life

# 生活
# 指南

阿西 著

江苏人民出版社

目
录

卷一　短诗

## 第一辑　赋

## 第二辑　风

## 第三辑　光

## 第四辑　霾

## 第五辑　海

## 第六辑　曲

## 卷二　断章

## 卷三　长诗

卷一　短诗

第一辑　赋

# 代表作

你写出了爱

写出了体内正在盛开的雪莲

你写出了幽灵

写出了前程不明的流放

你写出了虚无

写出了尚未到来即将到来的死亡

你写出了父亲，写出了命运

写出了驳船写出了昨夜发生的海难

你写出了生活志

写出了一个少年已变成寡言的小老头

写出了日常的乏味和小烦恼

写出了猥琐，写出了精神小矮人

此刻，我写什么？面对手上这个桃子

我只能写写它的完美。但是，当我咬下去

咬到的竟是一只蠕动的黑蛀虫

# 驯兽师（给——）

互相折磨，撕咬或鞭打
忍受，愤怒或抱怨
常常留下滴血的伤口
如今，似乎职业已经结束
彼此疲惫地挨在一起
再也不会主动攻击对方
不会抓伤，不会误伤
这世上绝无仅有的一对好对手
语言里的冤家，感情上日渐深厚
筋疲力尽了？已妥协于时间？
像虐与受虐，彼此产生毒性的依赖
曾为无法驯服对方而懊恼
现在只剩下宽容，即使野性复发
也不大动干戈，不置对方死地
哦，两个互为驯兽师的和解
使这个房间终沐和平温煦的光
照耀彼此坚硬的脸
照耀人间所有的阴暗

# 冬天到来之前

冬天到来之前尽量淡泊

尽量保持平和与温顺

冬天到来之前尽量缓慢

尽量保持静止与独立

冬天到来之前多吸收阳光

尽量保持内心的明亮

哦，冬天就要到了

有些人将像落叶

被寒流裹挟着，消失掉

有些人要生病或死去

冬天就要到了

我的呼吸将受到阻力

走路的姿势会发生歪斜

嘴角上要挂起冰凌

哦，冬天到了

说话要小声，别让坏人听见

坏人就在我们中间

阻止春天的到来

# 停车场边的南瓜花

如同开在闲置的行刑场上

淡然肃穆但无关枪声

它们随意挥霍着空茫的年华

开得和去年一样灿烂

尽让充沛的花蜜兀自流淌

好像在完成一桩伟大的事业

其实，我很少注意它们

只是偶尔觉得

它们是一支支可以吹响的军号

贮满了知了的叫声

整个夏天都在进行持久的共振

让我联想到她或她们

都曾灿烂，拥有自己的酿蜜史

最终却消失了，只留下不可见光

像一种朴素而美好的死亡

此刻，南瓜花已经开到了车辙上

我小心地让开地盘

让它们尽可能自由地结出果实
结出一个世界上最大的南瓜
结出与时间无关的红矮星

# 诗人藏书

如季节中雷同的红叶或泛青的黄叶
如治疗流感所需的乙酰螺旋素或头孢拉定
如一些相似的死亡：里尔克、策兰、曼德尔斯达姆
或屈原。如一致的癖好：那风景中的黑色
……像瘾君子，把思想的药丸藏在最隐秘之处
或放在瓦尔登湖岸边，波浪里迷乱的新感觉
称之为词的金属，随时会发生自燃

在任何一个诗人那里，都可以找到一条暗道
找到从夜晚蜿蜒而来的流水，唤醒自己的写作
并安葬自己的写作

迟早，这些晦涩的人都将被抛弃
连同他们的伟大和傲慢

# 纪念

你在北京静静地泡上一杯
黑茶，这老去的时间变成了热饮
进入你的身体，滚动着琥珀
滚动着久违了多年的一声春雷
你开始遥望湖北，山峦起伏如波
此时，黑茶于树上生出新叶
还不能采摘，要耐心等着它长大
等季节到了才会被采茶女采下
她们不一定唱山歌，但心在律动
会静悄悄地发生化学反应
形成黑茶特有的香气和最佳味道
她们是一部好小说，个人命运
定格在山上，但生动的情节
已来到眼前，在茶杯里反复翻转
她们把自己融入黑茶中
你要喝下她们黑色的泪水

# 冰雕人

在冬天你如期收到礼物：雪
你用雪雕塑一座城堡，马车和家族
你感到荣耀，惊喜于苍茫中刺骨的颂赞
你发现自己是个真正的思想家

放弃诗人的傲慢，昂起黑山之头
你说即使被狂风紧逼也不做风雪的过客
你俨然看见西天玉树的光芒之下
悬着自己透明的心脏

你喜欢冬天赐予你一个空虚的围场
哪怕是一只雪兔从你的枪口下彻底逃脱
也会心满意足。你缄口在荒原之边
将日渐硬朗的身躯敲打十下

关于命运你已不需要任何精准的表述
像一个来自西伯利亚的流徒

穿着白色的皮棉衣，在树林中跋涉
嘴角挂满雾凇，貌似童话的开篇

你不需要叮咚，不需要雪水为自己暖手
你要远走，去另一个寒冷的星球写诗
哦，你终于完成了最后的想象
轻咳，咳出一朵白色的菊花

# 蛇赋

一条蛇来到我们的谈话中
它像破折号，被黑光切割成三段
使谈话内容具有线段的性质

蛇让我们远离了人物和喧嚣
整个城堡陷入黑暗，没有一丝月光
它要说出有关这个地区的三个秘密

明天有暴雨，之后一周天天雷阵雨
蛇是今夜的暗示，明日的明喻
它已经预言我们的命运——危机四伏

由此，我们却得以建立起三角关系
我看见蛇会想到天鹅，秋天你要飞走
一个季节性的客人，有透明的皮肤

其实蛇是一个不错的同城诗人

任何一句话都见首不见尾，并带毒性

让我们绕开了陷阱并重获安全

# 安眠药

为推翻心脏的旧体制，冒险于无眠之眠
而路径是简捷的，不安全的地方才最安全
进入下坠的世界……阳光和沙滩是黑的
你说，只有在梦里真正流放了自己

安静代替了喧嚣，世界终于进入了它乡
你依据并不确切的愿望给所有的思想受精
……接近自杀的爱，像野生的茑萝
看上去只是荒谬的茂盛，越来越接近死亡

每个人都戴上面具，看不见眼前的白骨
街上的红蚂蚁绿毛虫占领一小块立锥之地
你核算最佳用药量，为了使这个危险的实验
成为地方志里一首生动的打油诗

# 杜甫先生

在杜甫墓前我写不出诗

回去之后，仍然写不出诗

我找不出任何稍微明亮的辞藻

装饰他的不朽，照耀他的穷途

也找不到炭火进入他黑暗的墓室

听他讲长安往事，被撵出京城

如何北望。我谈不上真正理解他

他生的屈辱死的诱因是我永恒之迷

人们都说他背着一个国家的苦难

是一个朝廷风雨飘摇的化身

这让我羞愧，我这个闲散之人

一生碌碌无为，没为国家出过大力

身上的伤痕也只是儿时的小不幸

与民族兴衰没什么直接关系

我虽挤身首都，却居住在六环附近

任何发声都湮灭于昼夜不息的车流中

华光之下，也不曾看见冻死骨

而先生在首都时，并不是局外人
皇帝应该偶尔听得到他特有的口音
另外，我们虽拥有同一个祖国
——诗。但是，在先生面前
我显然过于平庸，或是一个冒牌货
2014 年先生祭日，我去过他的故园
那里有两棵千年以上的野桃树
高二十米，还有笔架山下的坟墓
……我很快将忘记这些
但我会记住欠着先生一首诗

# 邻为患者

关门！关门！关门！

每天上午十点三十分到十一点之间

都会从斜对过房间里传出这空空的声音

仿佛发自另一个寒冷的宇宙

发自没有光照的死亡之星

难道门内有什么东西会跑掉？

一个神秘的人？一场独自举行的婚礼？

或房间里有一只毛皮金黄的老虎

他需要这只老虎滞留在身边

像真正的父爱

可以抵抗来自整个人类的凶残

这是邻居家的一个男青年

但我从未见过他，只是听他

准时怒吼：把门关上！把门关上！

几分钟后门被他自己打开，他更加怒吼

哐！用尽一切力气把门严严关好

旋即，他彻底安静下来

整个楼道在"吭"的声波中安静下来

安静得比死更安静

# 这些年

这些年，我看见了时间的虚无
看见了生活巨大的黑洞吞噬着一切
吞噬着具体的一日三餐


无人开采流云，开采流云中的乌煤
无人开采自己尚未熄火的身体


这些年，就这样结束了，像海上的船
经历了风浪里必要的颠簸后，平静下来
随意进入下一片未知的水域


这些年，时常无话可说（和谁说呢？）
无事之年，不关心时弊，无视蔷薇的盛开


所谓的内心生活也越发变得简单
元旦前的雪，兀自落在梅上
很明显，寒冷不是这些年真正的主题

我只是奔跑着，毫无目的地奔跑着
奔跑在古运河边，奔跑在梦中
带动着幻觉，带动十点后倾斜的楼群

这些年，朋友们消失了，消失于文本里
用文字把自己的脸涂上灰色的油漆

我不再遵从太阳的规则，克制着焦躁
克制隐隐的不安，像一个放弃耕作的农夫
任由良田荒废，长满苍耳和野草

# 石碑

1

琥珀色的石头，拒绝雕塑
内部已空，填充太平洋季风
你跪在沙地上，像朝觐者
望着漂移的陆地，漂移的湖泊
血液慢慢凝固，形成坚硬的云
你终于见到了坟墓中的人

让我进去，你从石头中出来
让我进去，你们都出来

2

这些碳酸钙，有楸树的气味
有老虎的面影。隧道已经打通
你不再要求更多，仅仅呼吸
而那些面部萎缩的人——
你不再指责他们，无论善与恶

只在自己的石头里反证生活

当一个人彻底变成了石头
就意味着真正的新生

# 死亡新闻

他们被泥石流吞没
成为一场暴雨中悄然消失的部落
或许数万年后就是品相完好的人的化石
并且连灵魂都被浇筑成石头

他们曾把一车车煤从地下挖出来
值钱的部分被别人卖掉转化成生活的热能
剩余的无用之物丢弃在一边，现在
这些残渣像愤怒的狮群向他们凶猛扑来

他们也可能葬身疯狂的火海之中
像无处可逃的小鸟瞬间烧成一截炭黑
这些农民工，城里流窜的小摊贩
外省人，男人或哺乳中的母亲与她的婴儿

生活里的少数，新闻中可以省略的名字
他们偶然死去，死于"不可抗拒力"

死于昨天前天，死在今天，或就在此刻
死得有些莫名其妙，死得不比鸿毛重

你沮丧吗？你是否看见一只无形的黑脚
悬在头上，随时向自己踩下来

# 银行的门

现实主义者走进去

变现几块未曾雕琢的石头，变现半爿未熟的小平原

理想主义者也要走进去

把风雨兑换成彩虹，把昨夜的梦兑换成一次艳遇

还有人试着储存一轮残月

或取回一粒相思豆……

我也走进去，想储存一缕黑暗中的阳光

但我未曾在日常中给自己积攒下足够重的金子

未曾从乏味的诗歌里提炼出珍贵的琥珀，传给后世

我推开这扇门，掏出衣兜里必备的头寸

只是缴纳上个月的煤气费、水费、电费，零星的电
  讯费

而一只老虎隐匿在大堂的某个地方

张着血盆大嘴，目光饥饿，它缩写为 CPI

——我知道，从数学的角度讲

掉在地里的稻穗才是生活真实的利息

就是说从银行获得的凭证很可能是自我欺骗的证据

是的，当我正要转身离去，却看见

最里面的门上有一个黑色的不干胶贴——**生死之门**

生活：存在主义的陷阱

# 简介的注解

阿西名下的项姓，如果来自楚国

两千年的流亡，所谓的完勇已是尘埃中

干瘪的原子，血性尽失。出生年月日

苍白枯燥，仅录入最初的信息

代替籍贯矗在那里。它少有温暖

更多的是寒冷和饥饿，让我饱尝屈辱

像云雀一样，我早已放弃了省籍

放弃了密山黑台新福这组童年默写的词

几个工作过的部门，只能一笔带过

空旷的青春，或者潮湿而茫然的会议室

那些时间碎片，没什么值得反复回忆

闯荡俄罗斯的那几年已从最新版本中删去

（我既不是什么倒爷也不是诗的朝圣者）

广州的一年，可写出很多有趣的故事

但没有必要仔细提及，粤语是非常神秘的

它向大海敞开着，却又足够封闭

已经出版的那几本诗集，我羞于说出

它们或者没有书号，或者只是自费出版

有一种灰暗的感觉。五十岁后获过一两个奖项

透明的塑料奖杯谈不上是对浑浊之辞的褒奖

还有什么必须写入简介的吗？

身份：诗人？评论家？今天，这称呼多么粗鄙

完全像被反复出卖的色相

——我必须尽量省略，甚至省略掉一切

是的，我现今居住地北京或三亚

它们既不是新客栈，也不是梦的栖息地

只是两个码头，或两座移动的雪山

# 心不在焉

心不在焉的人，听电视里的天气预报
想着外星人出现的可能性。心不在焉的人
不关心亚马逊和三峡大坝有什么关系
他敲打出一些汉字，却不进入汉字的核心
心不在焉的人治牙痛，医生也心不在焉
在哈医大二院，心不在焉的人走到了人生尽头
他的孩子心不在焉地把诊断书读成诗

心不在焉的人谈论蔬菜污染问题，不关心
中午吃的是地沟油。心不在焉的人烹制死鱼
想到了起死回生，但不会觉得自己的命运是否逆转
心不在焉的人聚在一起，谈论新闻中的热点
唐朝好，宋朝好，古中国好，当然黄河是好的
浑浊也是好的。大家心不在焉地发表议论
心不在焉地关心一下西南旱情

心不在焉的人认为转基因不是真理问题

不认为虫子会咬断农业的根部，影响夏粮总产量
心不在焉的人有时也是认真的，像一个和尚
只要穿着袈裟开始念经，就会为他人祈福
心不在焉的人还想成为作家或者科学家银行高管
心不在焉的人越来越多，越来越高大上
整个城市整个省也开始心不在焉

心不在焉的人，遭遇一场心不在焉的车祸
心不在焉人在老虎园里险些丧命
心不在焉的人玩一种轮牌游戏，玩得很投入
心不在焉的人切着中国牛肉和外国芹菜
并不锋利的菜刀竟切入了食指里
切入一个心不在焉的时代

第二辑　风

# 潮白河岸边的房子

一张写在湿地边上的预算书
像黄色的三角翼，展开想象的小风帆
形成气旋，引诱快速成交。最好是小三居
推开窗就能看见垂钓者鱼漂似的脑袋
看见汽车通过手术中的道路，扬长而去
或者拐进曼哈顿式的米白色小区
一切都是愿景，交易的过程会有变数
但已钟情潮白河，便产生本地居民的自豪感
甚至是迷恋，无论是 Q1 还是 P2 或 B13
每次走进去都一脸水汽，仿佛真的临水而居
——傍晚时分有渔船在楼下收网
是的，下午适合看书，黄昏适合作画
早上与苍鹭结伴。房子是有音乐感的
不断产生美的幻觉，让自己展现出曲线美
当然，还可以炒好吃的湘菜，约起茶叙
当春雷响起，就来到岸边
掘开浅滩下的泥土，露出光阴

# 三苏园中的柏树

仰视这些粗壮而年久的柏树

仰视残存的山峰，屹立的陡峭

黑黑的正上方，颓朽，或遭过雷击

躯干已皱裂出无数个缝隙窟窿

侧耳，可听见手风琴沙哑的声音

其实，它们几无实用价值审美价值

虽然春天会披上新绿，夏日有知了聒噪

现在是初冬，外表更加沧桑

但我知道，它们从未屈服于时间

也没有向命运认输，自取灭亡

它们收敛了所有对自己的赞美之词

以幸存者的姿态藐视他者的迂腐

我仰视它们，仰视真正的巨人

不大声说话，也不挨在一起合影

只是悄悄记住，记住这些冷却的汉字

而柏树旁边，就是苏轼一家的墓群

据说坟墓里没有尸首，完全真空

至于三苏的肉体和传说早已流落民间

哦，柏树是苏轼一家尚存的遗产

苏轼全集就刻印在它们身上

# 奈曼怪柳考

这是一些树龄较长的柳树

说不上具体的年龄，一百年或二百年

也许更多。反正它们从表皮上看

已经十分沧桑，好像经历过很多的朝代

许多人的命运在它们身边发生过悖逆

奇诡的是，它们无论站着的还是倒下的

都如一具具尸体或者是尸体的标本

像另一个世界的遗产，成为人们议论的对象

它们风烛残年已经失去了作为树的资格

甚至已沦为蝼蚁的家园或游乐场

但是，如果你走到近前，就会看到

尽管这些柳树的躯干彻底腐朽，内部被掏空

但依旧发出新的枝条，长出新鲜的柳叶

保持了一首好诗所应具有的卓绝风姿

正因如此，有许多诗人在它们面前留影

好像终于发现了自己理想的自画像

是的，这些柳树很正常，不该称为怪柳

它们和任何生命一样，即便死了也试着复活

仿佛告诉世人：活着是死亡的美学

而死亡，应是命运的新生

# 白鹭邻居

我的隔壁住着白鹭邻居，推开门就进屋做客
房间随意栖落，书房到杂物间，在客厅吃早餐
从不寒暄，我不在家时也会从窗户飞进来
找自己喜欢吃的食物，找一条被我藏起来的鱼
白色的大鸟，从一只到现在七八只，一个班
我也喜欢上它们，允许它们在房间里捣乱
把厨房搞得一团糟，搞属于鸟类的鸡尾酒舞会
他们的到来使我乏味的生活有了活力
我不仅话多了起来，也逐渐重新有了一颗童心
恢复了想象力，好像真的是一个诗人
它们已成为家庭成员，我按时准备早餐和饮料
如果几日不见，就会去潮白河湿地里寻找
找不到就会非常失望，想到它们已经抛弃了我
我就失去了活着的兴趣，会患上孤独症
或抑郁症。现在，它们在我的窗前翩翩起舞
天啊，它们要迁徙了，要从这个雾霾的都市飞走了
不要抛弃我，我的白鹭邻居，我们不要分开
我要从窗口飞出去，和它们一起私奔

# 秋日

白山黑水穿戴大红大绿
跳集体舞，唱我爱你中国

广场睁开第三只眼睛
盯着事件第三人混进人群

天空很低，挂着红旗红灯笼
银杏树旁，花坛花篮很政治

我读屈原，喝下几听啤酒
眼前矗立起一座无题的雪山

美好的人给公园披上婚纱
杀害留守女童的逃犯在逃亡

抓紧啊兄弟，去爱你的人
秋风里说出你最后的真心话

# 再谒苏轼墓

走进一个人难于走进他所在的朝代
更难于走进他这秋日里的墓园
当我们必须为这个人返回故乡的时候
或者试图将他打造成一处景区
矗立起一尊永恒的雕像
就会发现这是一个习惯了流放的人
他的身体甚至早已被无数条河流穿过
冲刷出一个个难以登陆的孤岛
——而我们在下游
在不断堆积并向前延伸的下游
形成文字或非文字的滩涂
哦，滩涂，低矮的灌木、藤类与杂草

# 小树林记事

## 1

红色交叉，红色是从心里抽出的线头
从你身后缠绕过去，缠绕了脚下的时间
你走进去，就可能走不出来
你被红色牵引，像一个字符进入合适的那一行
进入废弃水桶的中心，进入历史的虚无
进入黑油漆无底的内部，你问为什么
你怀疑是自己走错了——双眼逆光潮湿

## 2

四面不是楚歌，是蜘蛛网，是猎人的笔迹
地上有罗盘，吸引了你，你虔诚地小心经过
你听风，你停下脚步，你低着头
你看看别人，你发现自己还好，绝对是自由的
试试双脚，移动了几下，完全没有沉重感

3

把废弃的家具重新组合一遍

把一面镜子放置在林中路的右侧

把木头人竖立在床边

你拍照时是否注意到这些细节

是否发现已被移植在另一个空间

一个破旧的，有温度有记忆的空间

一个应该遗弃更应该遗忘的空间

你反复拍照，发现自己竟然没有老去

4

五年是多长时间呢

五年就是上海到小堡村的距离吗？

五年被你堆积在松塔之中

它有无数的松子暗藏着绘画的元素

这种纪念仪式像是爱的祭奠

你把暖阳喷洒在地上，这是最后的浪漫

是最后的色彩混涂在秋林之中

——你斑驳的身影对立未来之城

## 5

天梯并不神圣，天梯是木质的手工

它通向鱼的故乡，通向朵朵棉絮

这是否已经和秋天无关，是否过于直白

好像树林被简约得只剩下树干

哦，你在天梯下看见星星陨落

看见天体正在发生解体事件

这奇特的一天值得记住


## 6

漂泊是永恒的美，无论是从澳洲漂回北京

还是从这片小树林漂泊出去，都会引来赞美

还会有人蠢蠢欲动，摸摸口袋里的钞票

甚至有人要制定下一个五年计划

变卖家当，编造一起婚姻中的事故

——而这凄惨的物件足够令人心生酸楚

空酒瓶子装着一些陌生的电话号码

而海上的黑浪正在逼近


## 7

越往里走，越能看见语言红色的暴力

越可以看见安歇在树上的诗人

他们或者她们掏空了灵魂之后返回到树上

你随时都会被一首温暖或冰凉的诗砸中

你在小伤感中遇到一个诗人，也想抒一回情

但你实在找不到一个适当的词汇

哦，是的，所有的词汇都已被埋葬

# 飞机在黑夜里飞行

飞机在黑夜里飞行

在看不见的高度，如一只神鸟

飞行在隐秘的轨道，飞过国家的上空

飞过庞大的城市和无数渺小的乡村

飞过场景，飞过虚设的边界

飞机在黑夜里飞行

一个简单的常识是你看不见自己了

你的诞生地越发变得模糊直至完全陌生

你保持着绝对的静默，甚至是庄严

你第一次发现其他人的不安

飞机在黑夜里飞行

它颠簸在南下的气流里，颠簸在天堂

它偶尔下降旋即拉升，带来眩晕

让你冥想，仿佛看见了那些绽放的曼陀罗

你有了恐惧，内心的压力在增加

飞机在黑夜里飞行

你反复告诉自己飞越了险峻峡谷

飞越了污浊的河流，飞越了雾霾发源地

其实你正飞行在刚收获过的甘蔗地

你并未向那片土壤致敬


飞机在黑夜里飞行

飞抵新的大陆，飞抵蓝湾海岸线

飞机轰鸣着，颤抖着，它那巨大的灯光

如闪电将静谧的夜空分割成明暗不同的世界

飞机降落了，你却仍在飞翔

# 哈民遗址

五千年前的哈民，横卧的，仰卧的
俯卧的，像被山洪瞬间吞噬，形成标本
或者是地震导致家园倾覆，亦或是
战争与屠戮……炭黑的房梁与屋脊尚在
白骨和受伤的头颅尚在。时间尚在且倒流
反复看着这些原住民，想象悲怆与残忍
想象生命的消亡和悲壮。眼前是一曲哀歌
但很明显，是关于爱与被爱的哀歌
缠绕的手足表明，这爱五千年后依旧生动
依旧可以打动进化论的心。而那些土陶
尤其是龟形的礼器和无名无姓的工匠
表明创造美的技艺，已胜于今天的语言
仅此，我们的诗处于完败的地位

# 扎鲁特草原

像巨大的绿毯从高处缓缓地铺过来
遇到沟壑，顺着走势自动向前延伸

有起伏的节奏，轻松小调抒情的和弦
点缀红褐色的小花，间或白色的树林

敖包静静地矗立在那，它是高高的
一个大叹号，绿毯上最神圣的一笔

天工织成的绿毯让我想在此度过余生
要有一只牧笛，春天和夜莺黄鹂相伴

绿毯之上，一切声音都应该受到尊重
如果苍狼出现，就让它尽情嚎叫

# 衡水湖绝句

一

芦苇不识客，桨声独成乐章
风浪中，一级保护动物驮起了鹅黄

翻拍湖底的水声，相机忙于变脸
谁称呼千顷洼，谁就一脸泥巴

二

吆喝一声，激起睡莲千层粉黛
碧波荡漾，掩映"美人"情色的腹部

顺着摄影师的方向，光不只是美白
还在美黑——收留迁徙途中的伤病者

# 北京之春

京东四月桃如雪，没有艳遇却也养眼
宇宙不再自控，洒下一地轻佻的美德

要有爱，昏聩的音调挡在桃红口岸外
第七感官拼写出生僻的字，流成桃汛

掀起风暴，身体被树树桃花洗劫一空
任由香俗扑面，通州到平谷浩浩荡荡

老绵羊啃青，也贴上几朵嫩嫩的落红
你也天蝎？有了桃魂，另有颤栗之春

牧人，沉浸桃愈之途，吹黑蚁之埙
有色生活，从心的地老走向爱的天荒

桃林燃烧过后，人间的面目花落石出
若忏悔，就手捧花瓣走向族人的墓地

# 漂流

水连通大山小山，连通周末

清澈的水，灌溉你干燥的身体

你蜿蜒。湍急。回旋。前程不明

冲过滚圆的石头。像是受洗

你暂且旋转，惊悚又惊险

随波绕过了暗石，就是新世界

对面的阔达仿佛带来时代的大转折

你扫去一脸水珠，眼睛明亮如月

大角度地张开嘴，高兴得醉了

浪花般醉了，冲着大山发出山呼

大笑连着大笑，信马由缰

一次历险记之后是又一次历险记……

你扶着青木坐下来

湿透的衣服滴水成今夜潭

# 缩写的街道

局促错乱的神经一刻不停地痉挛
两侧发呆的树，长出肥硕空虚的耳朵

摆放标致的残肢，涂了口红的大门
隐匿在人群里的电流，令人莫名惊悸

画家和上访户不见了，但只是一个他者
协管振振有词，巨幅广告牌黯然有癜

爱如白垩纪的因子找不到温润的床体
亲们，一定要储备好沙袋和救援的力气

砖和玻璃比幸福还抽象，人们都活着
表情有些枯萎，面对造型丑陋的狼

# 湖上

采莲还是垂钓，亦或天涯渔歌

放下了这些念头，也不走进农家小院

不玩浪漫，搅乱这一片水汽的烟波

只趁着天亮，抓紧学习撒网

像一个渔民那样撒下自信的网

网住鱼，网住大鱼，网更多更多的鱼

但摇曳中的小船却偏偏失去了方向

拐进迷魂阵，陷入鸥鸟的湿地

打舵，左侧划桨，站稳，寻找风向

终于在风浪变小后划出了误区

自然没有什么收获，只是收获疲惫

而荷叶下的人深藏不露，他们做什么呢

像个鱼鹰潜下去，不留有任何波痕

不远处是湖区人家，正忙着升起渔火

而我们坐在湖岸上，开始晒网

晒网给我们带来了莫大的快乐

像逃学的学生不用写作业

# 初春杂诗

## 1

昨天夜里，你听见了什么消息
是几条漏网之鱼浮出水面？亦或是
废弃的泡沫箱子旁长出了新农村
你无梦，也不想去看看大地
尽管山坡上凛冽的栎树已如期转暖
但你早就剥离了青草的自然主义
你说，唯蠡斯的化石需要复活
唯有无路可走的人需要无光的黎明
但，这是一年中最最紧要的关头
昏暗的下水道里塞满了冬天的垃圾

## 2

在白昼，另一条道路上
勤奋的人去山上砍倒野树栽上果树
他们没有时间关注求偶中的鸟鸣
不会在山坳里模拟有些荒凉的好声音

而是让血液增加叶绿素，做一只小昆虫
或者蚂蚁。这些乡土的寂寥
无论是否被忽略都将苏醒。而思想者
只能在墓地将根须扎入更远更远的地下
恢复茅苇的思维，呆坐在水渠边上
源自山中的溪流汩汩流淌

3

早些年，我说乌鸦在春天里歌唱
后来还说过大海正盛开绝望的兰花
现在我闭紧嘴巴，像一个特殊的消音器
我从未去过重庆，这是我最想说出的
但一出口，就很可能越过了警戒线
任何关于出走的话题都可能是潜台词
就像女人们为了最初的嫁妆而走向田野
树蛙逃离家园，其目的是为保护基因
你若去另一个都市，最好秋天不要回来
但是，假如树林里的红头鸟在叫春
你要采一束鸢尾，放在大门紧闭的台阶上
活着的人要醒来，死去的人要醒来

4

失去信心的人去赶赴一次午宴

从郑州反方向，冬麦越过拆迁办向前铺展

一对父子刚刚停止哭泣，在回味母爱

民工紧盯着寒冷的车票，像茫然无助的蜘蛛

淹没在田野里的人，如稚拙的女画家

我们都在谨慎地返乡

在坚硬的表情上播种，将种子埋在惊雷之下

绿化整个北方和那些废弃的农具

5

好天气很轻松，惬意的皮肤要迎风

但有人却觉得倒霉，像吃下几只苍蝇

这生活的逻辑年复一年，无用的旧物件

总是残留一些尚未用尽的剩余价值

我像个乞丐，流浪在阳光充足的岛上

气色很好的女孩，挣扎在爱的漩涡之中

而黄蜂的蜜与毒汁混在一起，随时可以自救

你发现了这些道理，不再抗拒自然法则

第三辑　光

# 春日里

当阳光洒满了院子

你不要去清理去年的那些枯草

让它们在原地被重新照耀

不要把陈旧的棉衣挂到树上

妨碍小芽孢长成初叶

也不要踩碎蚯蚓新泥的梦

它们卑微的生命从来没什么奢求

不要驱逐爬上爬下的小蚂蚁

它们不会弄脏一丝阳光

你甚至不要弄死任何一只苍蝇

它们可能正在写下今春伟大的诗句

是的，你不要坐在院子中央

怀念死者，制造出巨大的黑色阴影

谢谢你！任何糟糕的事都没做

你终于可以自豪地对自己说——

在这春天的院子里

维护了光的自由和光的正义

# 慕尼黑，或关于 XN 行程

温度在汞柱里爬高，接近郁金香的国度
看见卖红酒的专柜后，兑换另种颜色的机票
把都灵留在大厅，然后睡它途的几个大洋
横跨不同语言的海底沟，探测离岛国际法学
而我守在电脑屏幕前，反复刷新航线的弧度数
看不见你，就录入海风，录入你丢掉的行程
地址栏里，有电鳗快速闪过，从西欧快闪东欧
你携带着大包行李，像民工赶赴一下个工地
下一站是寒冷的，几乎没有夏天，春天也很短暂
但牛奶是安全的，如果打电话，也是安全的
此刻，我于安静中守候着，等你新消息
在地球仪上将伸出去的一个海岬快速找出来
它那么小，一个小黑点点儿，差点被忽略
误为刚上岸的锥螺。哦，慕尼黑如夜里的暗礁
你在暗礁上继续做梦，梦自由的珍珠

# 在古代

在古代，仙人是一些闲云野鹤

他们款款行于山道，或舞袖于林间

若出入市井，也不染一丝风尘

他们也写诗，但不写李白杜甫的诗

而是写一些非诗，像天上的流云

永远没有固定的形式和深奥的含义

他们一生坦荡，不欠大地和天空的债

外表像乞丐，却是精神的土豪金

连思想也有洁癖，绝不肯同流合污

他们就是超凡脱俗的化身，随处可见

却又来无踪去无影，具体而抽象

在古代，人们渴望自己也能成为仙人

干干净净地活着，干干净净地死去

最后，灵魂也干干净净地消散

# 仿情诗

你追逐着河藻，随绛褐色的泥塘远离爱巢
转眼秋至，有一头"理想的河马"在水中潜伏
它忙于收集过往的理想，发着蓝色之光

我知道你不会幽暗度日，你有北方的血性
手指寒霜，阻止年轮颓废。你在书页里献花
第十三页最后一行连接着下一页的彩虹

虽自拟残荷，心却不残荷，当一次自己的客人
旧景独好。你进入无人地带，积累岁月的风骨
这一年，我也有类似越狱的冲动

早餐叫你放心不下，你要建菜篮子工程
要去草原。去吧，去可以历险的山峦，水上漂流
做一回野人，装修内心的堤坝，去格桑花

我不是天竺葵，无法进入你的"一人世界"

那残酷的冰河期。音乐家在别处演奏你的传说

如彩虹，从我的身体里一闪而过

# 光的味道

第一次还乡，却并不马上走进自家的门
只是低低地趴在地上，让灵魂爬出去
这个夏天的旧地，似乎只剩下最后一束光

你打开啤酒，脱去背心，吸入棉状的云
你确认见到了枣树，还熟练地摘几个毛栗
又扔掉。内心的安静像枯萎的狼尾草

你想起一个人，但忘了名，他还活着吗
这个和故土相关的念头让天空压低了大气环流
莫名的压力，和你的思绪形成落差

你反复说，好吧，像太阳神那样走去
要让年老的故人看见希望，让更多人看见希望
其实，你一想到回家天就会黑了下来

你亲近着山川，吻这些刚分蘖的小枝条

从木槿花中提炼最初的甜蜜，你悄悄地流泪

——这是盛夏，人们热衷于烤羊肉

# 竹意

你看见的绿是我的主意
你走进来会发现我的颜色更绿
是绿宝石的绿或祖母绿的绿
我的形态也有海的舞姿
摇曳起来比海的波涛更具形式感
我的影子是最迷人的
甚至迷魂，你完全不知身在何处
这种消逝感让你抵达时间之外
像一个局外人重新面对繁茂的世界
你看见的阳光也不是线性的
是块状的，像画家丢弃的色彩纸片
当然，如果你仔细听
会听到青瓷碰撞的声响，是清韵
这种声音不会感动你，但会净化你
在你原有的气质置入三分飘逸
和七分灵气，这时你会爱上了竹林
决定在这里漫步，一直到老

夕光中，你还会发现无数个自己

随风舞动，且有着精准的秩序

你在竹海中收获了一颗虚心

除了一缕一缕和煦的风

没有任何沉重之物。你最后发现

一只华南虎缓缓走在你面前

迈着优雅的步伐，像凝固的火焰

# 麻将诗学（给小敏）

1

东风不夹带秋雨

——但西风里有孔雀

栖落在国庆节的牌桌上

小伎俩只是一张白板

留在手上时间越长越是麻烦

而发烫的红中

也从未成全精心设计的圈套

整个一下午，谁输掉风骨

谁赢得梅花的品格

2

白云蓝天的小堡

乌云蔽日人影惨淡的小堡

你加入湘菜的改良主义

杨梅酒里

越过诗歌铁丝网

装修了三个玩家的脸谱

从局外人到新头领

比抓到混儿还有成就感

我们只是一粒带虫子的红枣

预谋着干净的清一色

3

今天不神圣，今天

因三缺一而浪费一幅山水画作

——那就反复练习扔铁饼

把一副烂牌调教得油光水亮

有人送上康乃馨

还有开心果变魔术

我呢，只有输才会变得年轻

你负责每个人的免费午餐

配制上好的汤汁……

最终，你凭借足够老辣的手气

摸到最幸运的那一张好牌

它抵御了时间

和时间以外的虚无

# 谒高适墓未果

麦地适合掩映人间

不适合掩映边关白月

它未披寒霜，不够苍凉

遥想高适厮杀于大漠

在五月里想起老家

想起祖上的麦田

将是如何愁断了小肠

现在，我们在景州塔下

寻觅不到他的影子

只见几个闲散人

聚在树荫下打扑克

孩童在玩耍顽劣的风情

一切与高适无关

他只是唐朝的一个普通过客

只是来此一游

没有人知道他是谁

更无人知他的墓地在哪里

哦，他已成遥远的孤烟

# 仿流觞

你痴迷于泉，换上了宽松的汉服
想象着酒杯在泉水间自由流动
且饮桂花酒，饮一分皖水的沉醉

水浸湿裤脚，水的温婉，水的幽韵
水对陈腐进行一次性清理。水在独白
推动着酒杯：水疗辞藻的污秽

忘了来自何地，忘了时间里的皱纹
美景相伴，任虚度的光阴进一步虚度
葱茏一词被你胡乱写在地皮上

泉水流成谷，流成地产的商业广告
泉水流入你的房间，陪伴你写作
在梦里堆砌洁白的雪

# 桂花初识

一枚小小的桂花，一枚清馨的桂花

开在山上坡地街道旁，开在路人眼里

一枚淡雅的桂花，艺名叫诗的桂花

不沾半点妖艳，微笑或凝露，超越凡俗

像一个思春的少女，一个顾盼的少年

给人足够的情爱滋润，让旧情复发

或是一个老人的归宿，被小心地放在手上

你吃着桂花饼，日常便足够美轮美奂

桂花落在你的身上，所谓的才华都是浮华

你暗自神伤，桂花就像洗去铅华之人

与你叙说光的真谛，你远离了死亡

流浪者在桂花树下沉沉睡去

# 途中

车窗如镜头，摄下一片片拼图般明亮的飞地
你说这火的光团可以点燃灰蒙蒙的阴雨天
你欲抓住其中的任意一片，抓住虚幻的金黄
瞬间里的人间，美轮美奂的豆蔻华年稍纵即逝
你要玩点小浪漫，老去的初恋脸紧贴着玻璃
春天来了……油菜花开了……春天来了……
油菜花开了……春天来了……油菜花开了……
油菜花无节制地开在山坡上，开在水沟边
开在湿淋淋的田埂和自家孤单单的坟墓周围
你紧闭的嘴被油菜花打开，你几乎失语
你不停地发微信，像给终端的病人做心脏急救术
那些失联的，那些他途上的，以及逝者……

# 一个梦的五种解析

## 1

我试着在酒中越过陕西界
进入你儿时的出没地
似乎，酒中有一条秦岭隧道
我们从秦楚相向而行

酒里的遭遇总是影影倬倬
小溪流动的形式很优美
你在源头曾与死神擦肩而过
——命运不是用来发育的
是用来开玩笑的。你在酒中
看见一只孤独的走兽

## 2

盛夏之热，天然的酒风
鼓荡豆青色之裙，轻舞漫飞
电视里热播国共谍战剧《潜伏》

生不逢时？如果在民国

每个人都可用大半生的时间

反复说出一句酒话

或者在酒的作用下情绪激动地

刺破云层。酒色如国色

醉人，醉了，醉

3

杯口频频溢出美意

但我们都不是史前植物

自然法则——简单的数学题

酒是你的，玫瑰和西瓜也是你的

农作物才是我的

秋天里，我继续酿出新酒

当然，酒过三巡

我们早已变成了半透明的塑料人

4

你只喝白开水

你也醉了，如盛开的白牡丹

5

酒中有江山，但没有箴言
一只黑蚁在酒中进入虚幻的天鹅湖
仅此而已，谈不上什么命运之舟
你说我懂一点人生哲学
天啊，一切只是天空的倒影而已

# 博物馆里的石头

## 1

一个少女看见

栖落在荒岛上的白鸟

她的眼睛变成了两块石头

被后来的人捡起

## 2

一个五千年前的精子

与一个三千年前的卵子的对话

被发现时已成好玉

享有无价的尊严

## 3

曾经被忘记，甚至是漠视

人类或者非人类模糊的脚印

在敲时间之门

4

有人在自家屋里掘地三尺
希望成为一个清高的人

5

人们隔着玻璃和解说词
用目光触摸这半信半疑的归属地
但一切都太久远了
就像确认未曾谋面的父亲

# 与卫明山中小饮

只一杯，燕山就紫气充盈
浅浅初色，适宜回忆与赞美
往事历历如行草或是狂草
第二杯时杏树梨树纷纷花开
天命之年是当年，且妖娆
春光有限，该去做个好农民
喝下第三杯，如进入夏日
每棵树每株草都茂盛而狂野
我们也放出身体中的老虎
让它走远，去秋天发出长啸
再喝一杯，山景令人心醉
劲风摇动柿树上的红红果实
如我们的诗刊登在最醒目之处
而倾杯后的燕山雄浑肃穆
起身，我们逆光走向它的主峰
走向白雪皑皑的深冬

# 马，或光

昨天的那达慕，它跌倒在跑道上
像山发生了坍塌，塌成无数座小山峰
但它很快站立起来，在自己的跑道
继续向前跑去，留下一道孤单的身影
虽然最终失败了，但让我看见一束黑光
一个不屈的幽灵伟岸而神圣
现在，这匹马就静静地站在我面前
像停止的时间，更像是一段凝固的河流
我对它充满了敬意，乃至于顶礼膜拜
哦，这发光的牧区之神，草原之神
多像一座爱的遗址，让人久久爱恋
当我要离开科尔沁，它像父亲一般
眼睛清澈而温情，饱含一份特殊的情义
和莫名的惆怅。它头颅低垂打着响鼻
抖落毛发间的水珠，做好出发准备
是的，我返回北京后，它就回到草场
回到九月的草场去追逐狂奔与嘶鸣
一束黑光照耀无人的狼毒花

# 老诗人来到宝古图沙漠

他一直站在沙漠的最高处看着

看着周围的风景，看着骆驼和远处

他看着很多人在滑沙，男人女人

大多是年轻人和少年，几乎没有老人

他看了很久很久，看得有些入迷

他做出决定，要像他们那样滑下去

于是，他从65米的最高处往下滑

颤巍巍地滑着，有些艰难，不够流畅

失败，几次失败之后他终于成功了

他成功地从65米的高度滑了下去

从65岁这个刻度滑到了沙漠的底部

他一次次地滑着，很快滑过了60岁

当滑过55岁时便战胜了自己

他越发有信心，非常轻松滑过49岁

越滑越快活越有自信，只是一个瞬间

就滑出了中年的陷阱和曾经的迷茫

他滑过了40岁这个不惑之年后

不再有任何羁绊，也不再有任何迟疑

一个俯冲就滑到了美妙的青春年代

他留下一个个精彩瞬间和久违的自豪感

滑过 39 岁，滑过 33 岁，滑过 20 岁

是的，他频繁地从沙漠的最高处俯冲而下

当顺利滑过了 16 岁这个青葱的年华之后

便直接来到了 7 岁这个最初的童年里

他坐在沙漠中心，将沙子高高扬起

夕阳从指缝间撒下洗礼的金瀑

第四辑　霾

# 雨

雨曾让饥渴的人充满期待
使许多愁长出了嫩嫩的新草

但现在雨往往是不干净的
雨中会充斥着一种可疑的气体
充斥垃圾的腊味和浓浓的硫磺味
好像是一种慢性病
坏细胞在雨中侵蚀乡村和城市

我已经适应了这样的雨
在这样的雨中干一些个人的私事
比如修改一首过于苍白的诗
比如以毒攻毒
用雨水浸泡树木黑色的死疖

因此，我希望雨不要下得太急切
不要疾风骤雨，要细雨连绵

间或阵雨，必须足够漫长

最好三天以上或七七四十九天

让那些已经死去的生命

从雨的坟墓中苏醒

# 坏天气

一场迟到的大雨或大雪

给灰头土脸的街道带来小清新

这时候适合去街上走走

买很多水果，买水灵灵的葡萄

适合打开窗户让雨或雪飘进来

置换掉污浊的空气，大口吸氧

坏天气里虽然没有白云蓝天

没有温暖的太阳，没有风和日丽

但不必为呼吸系统惴惴不安

不再一个劲儿地咒骂倒霉的环保局

你说一定要画下坏天气

画下这些不断发育的乌云

画下这些远离了死亡的人的惊喜

画下湿漉漉的人们在遗址里

喝酒，打牌，睡觉，频繁刷网

在坏天气里，我跑到六环外的村子

站在高压线下的田野发呆

想象把天空彻底涂黑，但我没有

实施这个计划，保留了太阳的权利

其实，坏天气里我只是虚耗时光

第二天第三天还是虚耗时光

偶尔研究一下 PM2.5 的生成原理

像个数学家反复演算人类存活的极限

算着算着，起风了，天气变好

但我的心情却开始变坏

# 牧马山庄的早晨

灰蒙蒙的红日挂在杏树上

光的分辨率低于第一声鸟鸣

冀中大平原，五月麦未黄

我如打开 一册从未阅读过的书

研习牧马人的苜蓿进化论

往来都是客中客，互致早安

互赠谭家菜系里抗霾的维生素

芍药或月季，鸢尾或兰草

虞美人紧贴地面，秀标准的香吻

有人仍熟睡，躲避世界的枪伤

有人已升起发胖的热气球

我脚踏迷雾，对影西天一轮淡月

而山庄里那个驷马难追的人

早已化作一只漂亮火狐

# 霾

白色废气悄然写下一个歹毒的字
写成了哈哈镜，成像太虚太脏
你轻咳，吼几嗓子，试试肺活量


此刻，几个巨大的胃反复收缩膨胀
在吞噬华北，吞噬天津保定唐山
吞食济南石家庄和郑州


老年人却仍在红歌中跳舞
未冬眠的软虫蠕动都市末梢神经
红日如出炉后的铁饼悬在凝固的灰暗中


所谓的众生都要呼吸厨房和汽车尾气
混合成的腊味。从室内到大街再到广场
一种无名的空气癌在迅速扩散


航班有的陆续起飞，有的被叫停

孩子们的嘴巴被大人死死堵住
孩子们的眼睛试图穿透污浊的大气层

时间还算早，今天肯定不是末日
勿须安排后事。只须关紧门窗减少运动
是的，没有冰冻术让自己消失几年

有人仍在奔跑，想跑出这个世界？
我望着戴口罩的上班族碎步挤进公交车
拉往深霾区，飘浮自己的影子

# 啤酒音乐节

你从城里来，依据交通指南沿河而下
带着第二医院诊断书，你四肢是健康的
选择好了伴侣，准备了胃囊，掏干净耳朵
进入草莓节的旋律。这雾霾天的情绪
像不能食用的草菇虽然令人生厌却也可爱
穿上平庸的服饰，任中暑的体液流淌
你孤独的绿头发，成为唯一的一个复数
你年龄中的指甲油需要小醉
需要露出，让赤裸挑逗臃肿的注册会计师
你只是行使易拉罐的权利，越来越自信
钞票花得一干二净，你的恋曲 2013 结束了
啤酒浇灌一身，身上形成若干块大湿地
你高声喊着，于浑水中摸到了一条美人鱼
累了，像一个软体动物躺在草地上
望着潮水般的肉白，看到一颗陨石正在降落
你发现节日的失语症像炸弹，马上要引爆
你说他妈的，都是混球，这些屌丝
你嘴里含着一颗药丸，含着黑夜

# 雨中戏作

汽车追自行车尾，人如燕低飞，躲雨劫。
杨柳埋身雾中。灰雀入楼庭，寻花问柳？

花伞举上举下，上班的迟到，一路水墨，
城郭尽湿，谁于彩虹之上喝心灵的鸡汤？

# 刷墙

我开始修改一幅旧画

首先去掉画面上的灰尘

去掉画面里的谈话声

和难以辨识的脚印与指痕

我在机械劳作的过程中

等你从廊桥阔步走进

这幅正在刷新的画面之中

我还要从左至右，从上到下

由表及里直至污垢的深处

都用环保材料覆盖两遍

像写一首完全不同的新诗

为避免老套而放弃传统抒情

这样，从周家井驶来的公交车

才会带来暖色的鄂豫皖

——让画面更加生动活泼

得以重现雾霾时代的好时光

重现秘密的双彩虹

当然，画面却是极简主义的

没关系，我只要一种白

只要李白或白居易的白

只要从灰暗中分离出的白

但绝不是表白的白

是的，这幅画只有白本身

没有一丝的阴暗

甚至连阳光都是多余的

白所填充的房间形成了海洋

形成更多白色的想象

# 游戏

他满脑子萤火虫乱舞，满脑子是关于午夜的燃烧和
　　对荒原的渴望

他想象不出如果不玩火会有什么好玩的，他要自己
　　制造明亮，在词中钻木取火

他小心翼翼点燃自己的诗篇，并确认绝对安全，像
　　革命家毁掉当天的报纸

他看见另一个自己从炭灰下露出了新芽而不是露出
　　门牙

他痴迷干燥的时间痴迷石头内部的时间痴迷冰冷的
　　时间痴迷死去的时间

他的胸腔迸发出血浆，他有火炬的热情，他说真他
　　妈辉煌

他不贪图江山只眷恋春风。他说所谓玩火不过是和
　　桃花谈了一场短暂的恋爱

他在城乡结合部流放自己。他用火为自己做了一个
　　生日蛋糕

# 年末书

克制一杯茶里的山坡，克制发祥于日常落寞中萎顿
　　的乡愁

克制对于西北风平淡无波的描述，克制走近属于跛
　　脚鸭干涸的水塘

克制月光泛诗意化弥漫，克制把脸碎成一地白石子
　　儿，貌似另一个天朝的荷色

克制对人和非人的幻觉，克制对鸡血的想象，克制
　　对明天产生异端的兴奋

克制将裸体写成落体，克制嘴与霾的相逢，克制为
　　一湖青萍而制造跌宕的虚假汛期

克制大雪中的风暴，克制穿过冻土层的皮肤，克制
　　春水那样将含铅的流速恣意成小道消息

克制说出沙漠成墓地。克制去三亚海滨拓荒。克制
　　为了候鸟生活而登陆思想的无人岛

克制成为一小块飞地，克制朝向太阳和黑子，克制
　　属于几秒钟的神秘

克制形式主义菜单——素色美工师——椭圆形观

念——气象预报风云图

克制关注地瓜，克制关注芋头，克制关注根茎植物
　　的第二自然法学院

克制你我即将成为两个小矮星，克制白头天涯的打
　　渔杀家计划，克制冥月不此时

克制国殇的天不问，克制大于宇宙的心，克制携带
　　上个世纪去朗诵

克制在两个城市交界处共振，克制颜色形成的鸿沟，
　　克制美成为美的假饰

克制交谈止步于咖啡馆，克制泥娃娃的快意

克制外在的完美，克制诗的风度

# 诗，呼吸

它徘徊在郊外，喜欢郊外
那里的时光中有不需设防的自由
它曾耽于空无幻境，留恋过一泓清溪
如今，淡然的情怀化作无序的野草
化为天蝎座里一颗行星，遥远地运行
是寂灭也是生长。只需阅读第一行
就能感觉到永恒的荒芜向你逼近

它早已经历过无数坚硬的冬天
被埋在三米雪下，暴风中瑟瑟发抖
冻裂的伤口，是它深邃的童年和故土
它因冷冽而温情，拥有低徊的旋律
但并不枯萎，可随时演奏田园的交响
每个细节都令读者朋友着迷
它不是简单的四季，而是几个时代

它有完备的呼吸系统，强大的肺

自动排斥有毒气体和衍生的超级病毒
人间的各种故事都被它吐故纳新
那些年那些人那些事，不再被它提及
像个永不死去的标本，它既不发声
也不失语。风景只在其内部徐徐展开
它的读者应是足够斑驳之人

它有荒原的风格，善于否定自己
一次次探出绿色的小芽。虽浴火而生
却从不惊世骇俗。像已长大的弃儿
躲过母亲的视线，自在流浪，享受流浪
它是一首没有目标的关于游历的诗
它是一首足够空无的诗——只有形式
没有内容，却异常摄人心魄

曾过早地衰败，留下阵阵咳嗽声
用舌头舔了舔身上的泥土便生机盎然
它说好诗并不存在，伟大的诗人并不存在
自己要成为自己的彼岸，拒绝对话
拒绝谈论关于修辞的各种小把戏
它喜欢平凡，并在平凡中构建陡峭的诗意
而对于现实的冷漠，让它臻于深刻

它从东北向西南移动，途经山海关
途经并不狂野的黄河和温婉飘逸的长江
有了绝对的浑浊和局部的清澈，不拘二格
但它不愤懑也不乖戾，视楚辞为祖国
并将西伯利亚的寒风混入海南岛的椰风
想象力越来越强，不断进入陌生的边界
它为每个词找到最合适的出海口

诗的开头与结尾，分属两个世纪
四十年的构思，必然要越过传统的鸿沟
在句子里喘息，并不是为爱患得患失
亦曾流连过赌场，时常定格在一副残局上
不追求赢却企图翻盘，但又放弃了一切
它消耗掉一头黑发，有了飘然的风骨
它舍弃了诗的修养和诗的道德

被自己反复修改，几乎面目全非
几度更换皮肤，在软组织中加入钢筋
在过于昏暗的长句中放置必要的矿灯
它厌恶激素过多的直白，厌恶毒药和解药
更厌恶萎靡和沉湎。它属于男科

为悄悄地保留一些必要的色情而自鸣得意
它不是清纯之作，但也绝不污朽


它因驳杂的丰富而拥有必要的轻浮
但排斥白羽毛近乎洁癖的美梦，排斥荣耀
与敬仰。它相信真，甚至认为一切都是假象
它居住在天空，沉浮于大海，潜伏人间
却不喜欢被发现，这是一首没有墓志铭的诗
——这是它唯一的表白。现在它出现了
在雾霾中睁开眼睛，否定一部全集

# 临时农贸早市

五点刚过，各式车马人等陆续进场

独轮的猴急，双轮的套个小黑马驹

两轮牛，但四轮比三轮霸道不止一个轮

担子挑的是农家菜园子里的小鲜菜组合

背竹筐的女人连胸衣尚未整治到位

活鸡在笼子里打它最后的一鸣不惊人

可爱的鸭子已赤身裸体被分身两半

芒果遍地，大的叫象牙芒小的叫红金龙

木瓜是三点红的好（其实不止三点红）

有一种西红柿叫圣女果，她可人又甜心

卖货的悉数到齐，刚好将每个街道都堵死

买货的只好见缝插足，问价并不意味买

买螺的还要问虾，买青椒的不买青瓜

挑得越仔细，反要买回黑斑与溃烂

明明讲好便宜两毛反倒是多给了一块八

有人要吃马鲛，但这深海的鱼今天不出海

只好抓条活鳗如泥鳅入泥在地上乱蹦

市场稀里哗啦，乱七八糟，嘈杂间或吵架

鼻子碰到鼻子算问好，鼻子若碰到刀尖

但愿卖猪肉的不需要卖这点人肉……

六点半，人流与物流达到最高峰

想进来的进不去，要出去的找不到出口

大雾如一条巨大灰蟒从东头悄悄爬了过来

张开无形的大嘴，把整个筒子街吞下去

所有的一切开始在灰蟒的胃囊里蠕动挣扎

凑热闹的后悔不该来，猛踢灰蟒肚皮

急于回家做饭的女人在其中哭泣漫骂

要撒尿的只好尿在灰蟒浑浊不堪的胸腔中

彻底乱了套，灰蟒的胃囊在翻江倒海

无数个孙悟空大闹它的天宫，鸡犬不宁

一塌糊涂的闹剧打斗剧变成荒诞的宫廷剧

直到八点整，太阳爬到山上才收场

灰蟒所吞噬的一切从屁眼陆续向外排出

灰蟒不喜欢消化思想，将人最先排出体外

纷纷抱头鼠串，一路狂奔，跑回各自的小家

接下来是消化不良的坏果和糜烂的菜叶

鸡注定一地鸡毛，鱼注定一堆鳞片

而无法消化的木头案子排泄在街道两侧

一场浩劫终于结束

# 经停天河机场

冬天里，从雾霾中出发
南下，经停武汉，不拜访友人
只与飞落中的大鸟擦身而过
让自己不断产生盘旋的念头
飞翔，飞翔，飞翔……

我将于两个小时后飞抵南海
在南海的蓝色之梦里摸出石头
摸出干净的芒果螺与彩蟹
摸出一首诗纤细而光滑的尾巴
幸运的话还会摸出海角天涯
那从未污染过的誓言

此刻，逗留在天河机场
看到海航的大鸟，亚航的大鸟
陆续钻进云层消失于天空

载着不同霾区的人们陆续飞向海滨

哦，椰子树，沙滩，槟榔果

哦，看谁最先变成黑礁石

# 物语

岩石不可撼动，是永恒的雕塑

这凝固的语言发黑，像另一种血液

乌龟似乎总是拥有更多的时间

信任与坚守的语言，使生命足够漫长

蚂蚁的生死观是最朴素的辩证法

卑微的语言，使其获得了应有的尊严

硕鼠不断躲避阳光，活在黑暗之中

贪婪的语言从来没有赢得半点好名声

乌鸦成为人们反复误读的文本

它们的语言具有腐朽性，但极其深刻

当然，大地有苍凉和风雨的语言

海洋有落日和辽远绝对的语言

而坟墓，只有与死亡有关的语言

我活在这些语言中间

还有什么需要说出

# 在露天煤矿

亚洲最大的露天煤矿，卧身山地草原上
如大地子宫不间断的分娩：汽车排着长队
往外拉出它的孩子——乌黑的煤炭

亚洲最大的露天煤矿，大地的一个伤疤
不能治愈的伤疤，裸露的伤疤，令人心碎
如母亲身上不能缝合的伤口还在扩大

亚洲最大的露天煤矿，浓尘滚滚
无人关注它的痛苦，也无人倾听它的呻吟
有人歌颂所谓的奉献，我却唯有无言

# 生活指南

建议认真阅读洗衣机说明书

阅读传统婚姻的反面

阅读被实用主义者玷污的海水

要研究是否有一条红色小鱼

游过了浪的所有制

要知道，越是热爱生活

越会遭遇不测


建议和你的对手暗中和解

但表面上与他隔山打炮

让他跌入幸福的深渊

像一头被砍掉脑袋的远古精灵

遥望高楼大厦里的灯火

让他知道春天不仅有布谷

更有霹雳


每天运动超过两小时

即使输掉年华也不输掉正义

放自己的马归山，它膘肥体壮

让坏蛋蛋疼得要命

抓狂得要命（像失去战马的将军）

不克制爱，却必须放弃爱

仅仅是一笑而过


野梅落地的过程值得借鉴

但美轮美奂的往往不够真实

而你的伤口终要刺破

生活不过是黑白灰或坏细胞分裂

而大地的宽厚和良善依旧恒在

你只须写出关于生命的诗

做出自己的判决


最后，你要安葬好"敌人"

不一定是什么豪宅

但须足够安静并有崇高感

让他知道你在怀念并与他在一起

将墓地的周围布置成小花园

你时隔二三年前往拜谒

胜利不会来得太迟

第五辑　海

# 岸边的小黑孩

像一枚黑白双色的小贝壳冲上岸
又快速地被浪爪抓回到大海之中

像一小块黑礁石在海里时隐时现
逗号一般，被大海随意点在波涛上

忽而被埋在沙里，几乎彻底消失了
仅仅露着两只深邃而明亮的黑眼睛

摇晃着，站起身来，推掉爸爸的手
赤条条地去掀开亚龙湾水色的衣角

# 海滨杂诗

走在海滨绿道，呼吸水洗的空气
辨识陌生的八角枫和灌木下的芒萁
享受冬日里尚存的一丝春色
当汽车在诗人的目光中蜿蜒，爬向
南澳半岛的制高点，船在胜景里
拓展视线的边际直至海消失在前方
山坡上，那些不同阶级的坟墓错落有致
朝向小梅沙的海面，仿佛生前的愿望
如愿以偿。在另一个方向上是欧式别墅
它们静静地挂在山顶，像一场梦
像海鱼的尸骨白白地堆在那里
告诉生活者所谓的豪庭原来毫无意义
我已厌倦观景，即使是海底的神奇洞穴
把我带往隐蔽的山村，我也不愿意相信
有一种安静可以抵销大海的喧嚣
挂在山腰的小农场会长出大海的诗章

我没有足够的耐心陶醉这海滨气息
只在一个叫洞背的村子小住数日
文波汤里有星月，午夜有赌局

# 海

是的，海太大了

好像真的没有边界

海会吞没大船和小船

也会吞没贪婪的赶海人

海把鱼群推向浪的高山之巅

又带进死亡的深渊

海可以是一切的葬身之地

不留一丝痕迹

海也会没有任何脾气

像玻璃那样平静

海容纳了所有人类和非人类

容纳河水的污浊

海不由自主地犯下错误

制造各种灾难

但海也是很简单的

几乎没有什么标准的形式

航海史不过是几条波纹而已

辉煌的人生一再被它否定

海被装入一个个明箱

可以承包，可以议价转让

变成海田或奢华的豪艇盛筵

海有时是颤栗的蓝

有时是颤栗的绿

这是人们关于海的想象

源自对生活的热爱

或恐惧

# 做客黎族诗人唐鸿南家

阳光在芒果树上结出小金豆
比阳光贵重的是带不走的三角土
它在路边，却是一处望不透的风景
我因坐错车而探望到它的茅草屋
一下子就走进这树丛中隐秘的世界
偏甜的微风袅出百年前的人烟

放牛翁的歌谣里必定天蓝海碧
放牛翁的锣声敲碎了垂钓者的鱼梦
我们围绕着村庄，从泰隆水库
走到这干裂的泄洪渠，辨识着台风
在祖居地前用目光祭奠了英雄
——未命名的这些高山都是圣神的

我已经喝下三碗山兰酒
我已经咀嚼了槟榔林的风情了
这会儿，从黎语中跑出一只山鼠

它跑到我的胃里，是一个全新的名词
我知道还有更多的新词需要消化
落马村，古酸角树和黎锦

# 关于海水

海水来自何处？它有上游和下游吗？
海水是一般意义上的水吗？它与河水
饮用水灌溉用水有何区别？海水储量巨大
为何又让人十分好奇，为它远道而来？
海水有太多秘密我不得而知。
我仅有的常识不足以说出海水的本质。
当我置身于无边的大海之中
那些相似的细浪、巨浪从不同方向涌来
它们到底要告诉我什么？
抑或海的无语？
我像一个科学工作者那样凝视着海水的反光
仅七分钟就感到眩晕、恐惧和惊怵
仿佛我的一生都被海水质疑——你是否缄默过
是否有过真正的平静与挑战？是否对消亡
有所理解？我无言。
我只是呆呆地望着，默默走进海里
海水误入口中，无法下咽的滋味
令我窒息，好像喉咙和灵魂同时受到电击

# 老人与海

这个大海曾经属于一个老人

他像礁石一样谙熟海的脾气

常在风暴到达前的最后时刻收网

他为自己的子孙坚守这片海域

连日出和日落也是他的财产

但如今他像一个残损的黑贝壳

被遗弃在岸边，无人问津

他身后，打桩机日夜不停地种楼

一片片海景房刺破了他关于海的梦

海风撕裂的彩旗，比基尼女郎……

几个冲浪者在结束这片海的昨天

他是个好渔夫，一个终身制幻想家

却只剩下已死过多次的苍白的性

和一双看上去不肯屈服的眼睛

他一生自然经历了无数惊涛骇浪

最终都化险为夷。他活了下来

是这片海域一块非常奇异的活化石

我想问他的名字，祖上来自哪里

我想他必是一部十分神秘而耐读的好书

他拒绝与我对话，只是继续看着海水

看着被游人搅动得有些浑浊的海水

而远处是正待陆续靠岸的游轮与货船

对这些庞然大物他似乎不屑于顾

现在，距离涨潮还有 20 分钟

他静静地等待大海的汹涌

# 游客与海

她要以白鸟的姿势跃入大海
在别人的相机里留下一道道弧线
或像猎豹在海平线上摆动尾巴
她要走到大海中央钓起一条虎鲨
并将其制服，然后呼出彩虹
她一生都在另一个大海的波涛里
跌宕起伏，似乎并不是主宰者
现在她脱下了外罩，甩掉了鞋子
只要月光下有魔笛从海上飘来
便和新的恋人对着海水喜笑颜开
让所有的坏心思都如愿以偿
天然的美也像海浪一波比一波急迫
若生下一群小黑孩，就赶进海里
让他们习惯风浪，向深处蛙泳
她想独自趴在沙滩上，不再起来
像雕塑那样比任何人都幸福
当听到了喧哗，听到了海鸟鸣叫

她便沉默，决定在结束行程前
像大海那样尽可能吸收每一缕阳气
尽可能抵御掉曾经的潮湿与阴暗
时间不多了，时间不多了
她默念：旅途愉快，旅途愉快
海上就铺满了红鱼的光

# 新娘与海

含着海，在水上碎步小跑
身后燎原起一束束蓝色的火苗
这一生中最幸福完善的一天
泡在海水中缓慢放大略沾盐分
摄影师不断尝试拉近或压扁天空
让她俨然成为甜蜜宇宙的中心
那些悠闲的阴云围在她的脖子上
每次定格都是不一样的风姿
遣散身体里的困兽，它们也自由
她越来越轻松惬意，格外满足
被大海引诱着，持续自然地裸露
好像身体已被海水完全打开
所有的欲望都与海浪融为一体
像一个非人肆无忌惮地接受挑逗
她骑上了白马，明天就要出嫁
大海也为她摒住呼吸，波平浪静
而她已然变成了一只海鸟——

不仅是海的主角，更是海的化身
当人们忧心所谓的世界末日
唯有她仍迷恋大海的瞬间
迷恋泡沫的消亡与新生

# 盲人与海

盲人来到海边，用拐杖触摸海
像小学生，划出几条稚拙的水线
他为划出海的形状而有些兴奋
但他克制着，几乎没有任何表情
静静地听着海浪拍打岸上的礁石
海鸟在鸣叫，他想抓住其中的一只
要它带自己彻底飞离身后的陆地
是的，他的一生在陆地上暗无天日
现在大海为他敞开了光明的大门
躺在大海的怀抱里，海风吹拂
他的前方和后方都是无比平坦的路
从未有过的惬意，令他近乎贪婪
像含着软糖，平生第一次无忧无虑
他任凭雨淋湿头发，淋湿全身
而雨水与海水混合，像两个好姐妹
搀扶着自己，多么甜蜜而又温馨
仿佛往日的一切已彻底远离了自己

永恒的灰暗，与痛苦相伴的生活

像蜕皮似的都被海水将其一一溶解

可以食用的海藻一点也不苦涩

他想吃掉它们，吃掉大海全部的海藻

大海救赎了这个盲人，胃口大开

当他心满意足地爬上岸，重新拿起拐杖

身后陆续走来抑郁症少女，皮肤病人

自闭症孩童，可怜的帕金森老患者

他们走向海边，走向这免费的避难所

明天还有更多的人从各自的黑暗

出发，踏上通往大海的路

# 诗人与海

他追寻苏东坡的足迹，一路南下
终于来到了天涯海角，来到了天界
看到晚霞覆盖海面，如光在演奏钢琴
这宇宙的绝美，让诗人彻底醉了
他要写下一首关于大海毫无逻辑的诗
诗人极目远眺，看着平静的海水
就像看见了自己的心盛开着金合欢
他宽广博大起来，说了许多好话
仿佛所有的日子都在海鸟的翅膀上
但是，当海面陆续布满了乌云
诗人的心就涌动起波谲云诡的暗流
他再度陷入遐思，曾经的失望
重新笼罩心头，好像礁石堵住胸口
诗人为某种自由而宁愿一生自我放逐
如今，卑微的命运不及沧海一粟
他不再有什么奢求，开始低下头来
像一块普通的岩石沐浴着夕阳的光辉

他没有走进大海，只掬起一捧海水
品尝它的滋味，分辨它的色彩
他说，当死去的那一刻注定到来
希望自己最终能够成为大海
清澈而蔚蓝的一部分

# 海滨的怀念

在岛上，我把眼前的大海称为蓝色之墓

沿海公路消失的地方，正盛开着迷人的火焰花

但我在怀念一个人，怀念他的那片土地

他身上特有的气味，此刻，就是这海的气味

我想和他喝一杯，虽然我俩都不喜欢饮酒

他也不喜欢谈话，一生都在沉默中

好像盐分过多的土壤。现在，如果我们相聚

让他彻底大醉一场，说尽心中所有的话

说出那些简单的炊烟，那些收成极差的年份

说出走丢的那匹老黑马，他曾经的化身

当然，还要说出没有乌云的天，说说他的辽阔

——我像一匹马驹那样深深地想念着他

他却毫不知情。父亲，我的父亲已死去多年

他的村庄也与他一同死去，我再也没有返回那里

当我独自在岛上游荡，想起他和他的生活

眼前的海，就是北方巨大的平原

# 闲暇之诗

## ——和威廉·亨利·戴维斯

我放弃了命运的抗争，不再操劳
整日只是在崖城的田间东游西逛

茄子长势旺，青瓜豇豆挂满藤架
岛上春早，遍地是果蔬碧绿秧苗

牛羊神态安详，惊起一二只山雀
村头鸡鸭鹅，孩童水渠嬉戏耍闹

阳光格外灿烂，白云飘过了蓝天
我低吟在池塘边，挑逗小鱼乱跑

属于谈情说爱的岁月已离我而去
节日的闲愁悄悄在心头弥漫萦绕

挥霍着时光，和做活的农夫闲聊

他劳作的艰辛似乎变得悠哉美妙

春忙的人播种的播种打药的打药
地头田埂小花含蜜，笑我一闲草

# 绿皮拖拉机

这些体量并不太大的甲壳虫
在田地里穿行，在棕榈树下出没
装满果蔬，搅动和平的阳光
哒哒哒，哒哒哒，哒哒哒

好像有人吹响了集合号
这一条条变色龙，纷纷爬上公路
从人们身边经过时跳起蹦蹦操
哒哒哒，哒哒哒，哒哒哒

而在那个绿皮的七十年代里
我们背上军挎包，穿起绿军装
拖拉机上插着红旗，好像开赴前线
哒哒哒，哒哒哒，哒哒哒

# 小序曲

天空的机密，印在早晨暗红的云里
你推开门，呼吸寒风，阅读第 361 页上
关于黎明在逃亡的途中……

你走出新闻的缝隙，沙沙声中
奔跑，告别京东不完美的冬天，稀薄小雪
清新的是形式，内容深陷于雾霾

很多人纷纷谈论肉和鸡蛋的价格
尝试把春节制成一根腊肠，或新的输入法
努力保护网络时代的家庭关系

但，2014 真不会带来战争和杀戮吗?
那些恐惧者，断臂者，放弃省籍的流浪者
那些拒绝在诗歌里投降的家伙

你说，尽量少去街头，最好是跳进大海

好吧，哥们，飞往三亚的飞机上见

好吧，去三亚写出词语的深蓝

# 南方，北方

我把北方带到了南方
又把南方带回北方
南方被我注入几分雪的寒冷
北方却飘起水牛眼中的淡云
土壤也在悄然变颜换色
蔬菜移栽后率先纷纷性解放
而芒果菠萝木瓜等名词
到了北方就是夸张的形容词
我也无法保鲜家乡的景致
当白话在黑土地上流亡
东北秧歌却在南海边晒幸福
候鸟越来越不需要国度
指南针发生倒置之后——
灰松鼠篡改贫富悬殊的省籍
传统只剩下三亩根据地
我的身上，壁虎到处随意乱爬
脸颊竟然长出南方人的胡须

还有……冬天糜烂的花海

掀起台风，席卷地方病

哦，南方和北方之间

海风吹干的故土

像一件被收藏的礼物

携带暗礁的气味

第六辑　曲

# 通海冷饮厅

这里的饮料有海水的形状
冰花露里有一头澳洲座头鲸
它会掀起巨大的泡沫
碰翻酒杯，海浪就会冲到街上

总是坐在最不靠门的桌边
街上红色的桑塔纳像海豹醒目
使所有关于海的好奇
有了具体而汹涌的好话题

这是一个老地方，羊肉串是主角
还有中学生来谈论作文
他们暂时还不会急切地跑到岸上去
只有我们才把这里比喻为岛

最好不要遇见其他人

像大海真正的发现者爱上了孤寂

我们给女招待诗集，把她假想为诗人

她很重要，是一条真正的蓝鲨

# 葵花小姐

我是东方爱美的女子
圆圆的脸盘总是娇艳欲滴
我从早到晚一直都在微笑
无论刮风下雨都在微笑

像一把雨伞，挂在大地上
我喜欢静静地站着，静静地
每天都在写下风的日记
记下身体里形成的每道伤口

当某一天我不再微笑
我的脸上将长满粗糙的皱纹
沧桑是有的，甚至还有些悲凉
我短暂一生还算饱满

# 过年

吃完一年中最后的晚餐

把自己打发到那个红房子小镇

在那里可以听见一种声音

从另一个世界传来


马车在土路上颠簸

没有人手持玫瑰而是手持铁棍

我喜欢他们吆唤牲口时敲打的声音

我不知道上帝是否也听见过

# 车经过珠江

这雨后的傍晚叫人忽冷忽热
前头的光亮也令夜景更显凄清
穿着黄雨衣的人在路旁侧目
江面上几只并不大型的载货驳船
从一团雾蒙蒙的晚霞里驶出

长途汽车自然是疾驰而过
珠江在瞬间形成一个模糊的记忆
还好，还算宽阔，有形式感
——"珠江还是美丽的"
我在心里来不及展开更多的想象

像一个哲学命题，珠江在哪？
它是否真的存在过？它是我的梦
还是我即将开启的新的历程？
我在脑海里闪过许多杂乱的念头
像沉睡中的沙滩要变成绿洲

# 世纪末

一只野山羊或单行植物的生长过程

延续着这片土地的传统，和生活方式

我们天然地在户外到处随意乱走

南山或东山，坐在朝阳坡上的林中空地

一边喝啤酒一边看着火车费力地

钻进三号洞，驶向对面那个俄语的国家

我们是这一带非常普遍的植物

到了秋天会换上斑斓而弥漫的保护色

掩护我们的神经末梢穿山越境

据说那里的房子全部存在了一百多年以上

它们应该知道如何抵御最残酷的寒冷

我们需要阅读那些老房子，它们是散文

和诗歌，是各种老鼠干燥的家

现在，我们漫山遍野地读着这些瓢虫

它们灰暗的黎明被浓雾紧锁

我们站在树下观望山峦，选择逃离

从昆虫学里确认一条石径

# 乡村客运站

马厩味十足。旁边堆砌着
五颜六色的垃圾,方便面包装袋
是最醒目的名词。我的旅程
下一个镇子,探望远房的亲戚

我要购买十一元的车票
像一只青蛙正在离开缺水的地方
班车最好提前开车,但它缺个轮子
一个女人在墙角呕吐得很厉害

这是时代的废墟,亲属们都在外迁
他们都在向另一个站点驶去
我尽量保持安静,心跳有些减慢
努力不让自己过于灰头土脸

# 1999 年广州即景

## 镜头一

经过高大的榕树时，贝尔格莱德
正发生大爆炸，火药味的新闻
使返青的柳枝猛然抽搐，狠毒的词
几乎吓破南方孱弱的文胆

十几天的时间里，我关注天象
第一个雷声总会唤醒死去的记忆
我重新关注自由自在的生灵
关注百灵鸟，它们在森林的幽静里

是的，人们活着并不为了明天
相互之间也不需要诗歌的语言
因此，在佛山的梁园，当两只白鹅
沉入水中，我也产生自沉的幻觉

## 镜头二

把一张白纸一分为二

一半留在地上，等待月光

另一半让它飞走，如一只白鸽

钱鼠在啃噬空无的时间

阴沟里的气体像厨房引诱着蟑螂

黑与白，啮齿与无脊椎

都要挤入下一个世纪的隧道

有人试图用垃圾拯救人类

有的人肠炎犯了，躺在大街上

我走在榕树下，零点就是一个零

生活是渐近线却反复交叉

面包是由错别字填充的

母亲在行乞，儿子们已经安睡

## 镜头三

如一只兀鹫啄食在阴沟的盖板之上

充饥后，抬头看看绿得肥硕的榕树


无望地看看前方，拾起半瓶矿泉水

晌午的太阳是温暖的，他晒着毒太阳

又一只兀鹫穿过肮脏的背街胡同

分食剩饭残羹。天空突然下起了小雨


四面八方赶来的兀鹫在等着天黑

等着灯火辉煌，等着分食最后的晚宴

## 镜头四

对面是熙熙攘攘的广州火车站

傍边的解放路拴着一匹时尚的白马

我手持一张车票，不是去中山

而是去三水，但我必须从地下通道

才能上车。人流永远都是浊流

如果被挤错了出口，就可能误入他途

就会被转卖，像一只猫或猪仔

从这个车转移到另一个车

就会莫名其妙地来到完全陌生的地方

谁都没错，你瞧，一只虫子

从黑暗中钻进，它可能也要去三水

或者是中山的小榄镇，它是免费的

乘客，熟悉流花汽车站的地形

## 镜头五

他说自己来自湖南

曾经在长江岸边教书

擅长写一手漂亮的美术字

一场洪水过后

怀揣最后的两百元钱

孤身来到了广州

从一个明亮的门进去

从另一个明亮的门出来

就成为了乞丐

抽着我递给的香烟

唱起了一支湖南民歌

他继续流落街头

等着好消息从天而降

## 镜头六

几只灰鸟从人民路

飞向东风西路，又飞向了

友谊路。几只灰鸟

在不同的树上稍作停留

好像有要紧的事情

它们小心地避开了楼群

避开阳台上的竹竿

它们不在意人们如何议论

也不在意发炎的街道

产生难闻的沥青味

继续穿梭在这个城市的上空

像一台被弃用的发报机

不停地呼叫着

早已失联的接头人

## 镜头七

女郎踩着马雅可夫斯基的诗句

走下台阶，在街心花园跳单人舞


她手中的黄伞像盛开的黄玫瑰

她仅与一只乌鸦共舞，无人关注


所有人都害了眼病，太阳并不存在

彼此看不见对方，羊城也是空城


唯有一个卖花的女孩，瞄了一眼

她快要长大了，她也想跳舞

## 镜头八

当乌云凝滞，闪电即将炸响
我是唯一的闯入者，带着背包

戏水的燕雀以最快速度离去
而我无法穿越方言里诡异的迷雾

作为异乡人，在街心公园里
我像一头冒失的黑熊，局促而紧张

遇见一所大房子，散落着凳子
好像有人刚刚离去，影子有股霉味

## 镜头九

环市西路没有北方的矢车菊
看上去像两条蛇咬在一起

一只灰猫惊叫着上了高架桥
水泥森林里爬行的怪物包含人

露宿者躺在桥下，或公交站点

像一块不规则的石头被工地遗弃

是的，这是一个正在发酵的城市
进不去天堂的人在马路上穿梭

## 镜头十

橱窗里，一只红靴子倒悬
像一只脚，伸向街头的细雨中

南国的桔黄或者浅蓝诱人
孤独的异乡人低头钻进大厦里

像参观风景画展，又像参加葬礼
一个名字又一个名字落在地上

我闭上眼睛，霏雨淋湿肩头
潮湿闷热间的芒果青涩又一脸茫然

卷二　断章

# 碎石集

\*

今天天气好

路上却没有阳光

你蒙着半个脸

好像是有人在跟踪

经过白蜡树后

险些成为了植物人

\*

桃花深处

有人在呜呜哭

白发绿眼

和传说相吻合

当她摘桃子时

我们好像是认识的

*

立交桥下跳舞的人

脱去棉衣和裤子

立交桥可是个好地方

抓紧时间去吧

悄悄地和某人碰头

也可以去撒尿


*

吃后悔药总是剂量不够

他头发掉光了

反穿着裤子

顺着大街滑入深渊

这个人的姓

生了虫子


*

孩子，你一开口说话

天就会下雨

粉红色的绵绵细雨

伪装并不完美的时光

你在毒气里突围

失败后成为独立团


*

再一次触及时间
手和脚是凉的
看上去和年龄没有任何关联


两个死人之间
没有爱
但绝对有理解


*

人到了京城之后
听不见自己的说话声
就开始背叛自己
背叛五谷杂粮
违心地写下
关于生活的启示录


*

站在南海
我想到底谁是我的朋友

我在沙滩上

逐个写下他们的名字

被海水一一否定了


\*

我的每个早晨

都住着一个可疑的夜晚

我的每个夜晚

都住着一个真实的早晨

是高墙统一了

我的世界


\*

在镜子里

看见自己从坟墓中爬出来

如刺客出现在眼前

日常也许也并不可怕

但足够恐怖


\*

秋天到了

蚂蚁忙着搬新家

蚂蚁在不能飞翔的黑洞里

研究当代性

拖走同伴的尸体


\*

零点时分

人们开始做黎明的梦

那时候刚出生的孩子

用啼哭

写出了安静之诗


\*

我喜欢什么词

这不是一个问题

我不喜欢什么词

这才是一个问题

你不会知道

词，究竟是什么


\*

用风景乘以风景

是更多的风景

用生活除以生活

是一片空白

我写诗的时候

像是做一道数学题


*

有许多人

在街头结束了生命

车祸、抢劫、自杀或者

突发性疾病

今天，死亡的现场

紧挨着游泳馆


*

飞机在天空轰鸣

热得发烫

空气随时都会爆炸

我喝下冰水

如喝下整个南极


*

窗外的秋天

降下很多污泥

那些走动的人

像是缓慢地走向刑场


我不是秋天的局外人

我应该对他们说上

请一路走好之类的话吗


*

山林越来越不透明

生活越来越缺少诗意

山林这幅画卷

也会患上了关节炎

这就是说所谓的日常

是一场不可治愈的慢性病


*

你在哪里？

红色的长发像旗帜

你是否通知了所有单身者

一起喝下这杯酒

你有很多水果

包括这些樱桃和石榴

这听上去多么像

早已过时的广告用语


\*

用水果刀制造

连环杀人案的人

双目失明

他缺少一只胳膊

他们的邻居

看上去总是神经兮兮的


\*

打开电视

笑容像是真实的

有人指着水杯说

包治百病

画面被反复切换

在两个冬天之间


\*

昨夜梦见了父亲

其实不是梦见

而是睡不着，想到了他

想他死前的状况

更早些年

他领着我去他妹妹家

住一夜就走了

好像他们也没说什么

现在我如他那样肌肉松弛

穿着大号的衣裤

骨头里没有忧愁


*

冬天就要到了

昨晚说降温七到八度

山楂树上的山楂显得更红

但是，早上起来

山楂全部被别人摘走了

这个世界

真的变成了穷光蛋


*

手推开窗棂

腿很快陷入沙滩

椰子树的南海

月光正洒在海面上

你会于午夜

来画下这些场景吗


\*

唱歌的人

缺少诗的深度

医生总是安慰每个人

看上去像欺骗

我有时很像

他们的混合体


\*

流星雨是宇宙的垃圾

但看上去完美，甚至超越了极限

我们总是把好的东西说成罪过

今夜，在俄罗斯远东

在日本，都是这样

*

很多人给自己定几条铁律

第一少饮酒第二勿抽烟第三忌乱语

几千年来，反复重复的

肯定不是真理


*

想一想童年

看一看菜谱

我说不出接下来

会有什么好的故事

但一切

都只是美术史而已


*

雾霾在加深

从身体向语言的方向

直至呼吸系统

逐渐解体的癌细胞

随冷空气扩散

\*

秋雨中，一只紫色蝴蝶

面临死亡的威胁

而蜘蛛在一株草上

构建起一个新的国家


\*

在郊区的市场上

发现很多新闻线索

回家刨野草的根

像一只蚯蚓


\*

一棵野椰子树伫立在有些灰暗的天边

一丛蒿苇旁是一棵已经死去的皂角树

我在哪里？云低他乡


\*

梦里冰河

往来没有鸿雁

我枕边虽是清霜白露

但无利刃秋刀

这是南国。木棉花开了
紫荆花也开了
明日天气好
去采红豆


*

这片土地是黄色的?
红色的? 白色的?
是一首没有色彩的诗?
是我正在写出它吗?
没有乡土的旅人
无目的地胡乱走动着
耕种者反复喷洒农药
面色如昨


*

冷空气降临
身体里流淌着的一条冰河
河边有一棵病哀哀的蔷薇
河底没有鸡血石

\*

从所有的词里

找不到一个用以

安置我的今夜

不，今夜是不需要安置的

今夜足够苍白

它不需要声音和曙色


\*

我们之间简单的情谊

依旧在，如夜是浓黑的

彼此互为对方的坟墓或文本

我们已经老了吗？

为什么要在意夕阳呢

为何不能像树上的那些乌鸦

固然是亲兄弟

更是伟大的陌路人


\*

盼着下雨

盼着大地长出熟悉的野草

苦菜，车前草，野麦……

田园诗人
总是盼望着回家
田园诗人的心和头颅
看上去和野草相近


*

从居住地去外地
就逃离了这些旧颜料


叙述化的场域有了饥饿感
我想到 1976 年


那是很荒唐的，土地的荒唐
深度的阅读体验


面对历史就是面对未来
继续阅读下去，继续动力学


*

你要消肿。你要歌唱
你只需"泰"这个字
水分子大于你的想象

你已经获刑

应该感到安慰和自豪

当然，没有谁

比你更知道该如何止步


\*

老虎

潜伏在房间的每个角落

似乎都睡着了

我可以骑在它身上

随意地移动它

其实老虎只是在打盹

老虎随时醒来

但我仍然感到很安全

安心地写着诗


\*

割草机的声音再度传来

猫科动物将从说明书里跑掉

去年的今天，白蜡树上

火热的知了死了

算计得失的人掏出笔记本

\*

天空翻滚着诡异的蘑菇云

人们猜测这就是世界末日

纷纷掏出手机拍照

保留原始证据


\*

运河水依旧是臭烘烘的

运河岸边的早晨

放风筝的老人依旧很多

而野兔贪婪咀嚼

从国外运来的草根

你好奇地问自己

食欲如何


\*

我想念的稻草人

它去了哪里?

我和它曾经属于

同一片衰败的原野

互为临水而居

如今我是这座都城

绝无仅有的一根稻草


\*

在相同的时间

到达相同的地点

必定遇见相同的人

和相同的事件

假如你改变

其中的任何一个环节

哪怕只是停顿几秒钟

先进入公厕后进网球场

命运都会完全不同

你就会成为另外一个你


\*

你因惧怕而按部就班

你因习惯而被盗掘了身体

你需要猛烈的撞击

最好火花四溅

你在预期的时间里尚未死掉

*

谈论股票比谈论天气的

还更加显得枯萎

这和秋天的景象并无任何关系

在早晨，如果推开窗

灰雀在阳光里讨论的是一起谋杀案

这和秋天里的人有关


*

你离开我们三年了

你活在我的酒杯里

当我怀念你的时候

就独自发一副牌

如果是梅花 K

我就喝一杯


*

昨天我给 W 写了一份悼词

写他不在的宋庄

缺少了一个写诗的酒鬼

缺少了一个真实的灵魂

其实他依旧活着

活在贵州的某个地方

但昨天那会儿，D死了

死于心脏病突发

此前，D一直在东莞写诗

难道他们俩是一个人？


\*

秋天到了

大地要收走一些残叶

秋天到了

大地要收走一些残弱的人

在下一个秋天到来之前

我要写完全部的诗

这多少有些不吉利

因此，无论如何

我都不会认真地写出墓志铭


\*

剪短一点

也要长一点

我这样对理发师说的时候

他不知道到底该如何剪

其实我是要他

把一首诗剪短一点

但千万不要整整齐齐

对于一首诗

要短，也要风度

否则，看上去会像是一头假发


*

我们三人相聚小旅馆

三个小赌徒，像三个阴谋家

在一副牌上试探对手

Z 喜欢虚张声势，真真假假

Y 佯装着，像蛇躲闪天敌

他俩出牌的时候总是吵吵嚷嚷

而我习惯用沉默

维护每一张牌的尊严


*

雪下在黑龙江

如同下在我的体内

不断堆积

丘陵连着丘陵

我的体内

有无数个无名者的墓碑

二舅。小黄。王福顺

以及父亲项才

我带着他们跋涉

沉重中的轻盈

是一种孤独

是一种美


*

写一首好诗是很容易的

只要写出一首坏诗的三分之一

耗时可多可少

但需要十个左右的生词

这些都是很容易的

关键的是要把结尾写好

并把它放在开头

就像人马上要死了

才明白活着

原来是一件多么简单的事情

*

我长期被各种我分割着

占据着，代替着

我长期远离真的我，去打牌

游荡，做点破生意

即使是亲属也不知道

世界上还活着一个叫阿西的人

只有那个潜伏在体内的我

目睹和证明了我——

他不是一个炒股票的人

不是一个贪图名利的人

他在寻找一种光

去照亮自己的替身


*

好吧，海燕摇身变成了台风

影响三亚的风景和尖嘴鸥的方向

我该如何打理那些油料

如何独自将那座"古桥"修复

让它帮助我完成今冬伟大的工程

——这个嘛，目前还只是一个秘密

伟大的秘密，就像伟大的光

*

这是一个暖冬

毫无疑问雪是很脏的

如果约会，没有干净的雪

就不会产生诗意

你说要去沙漠边缘

去张家口以北

你忽然牙疼得很厉害


*

从早晨的雾霭间醒来

从被熏污的桃花梦里醒来

从昏昏沉沉的阳光里

打开的书，读到自杀

读到消逝的那些人

自己就成为了一个沙漏

正将黑暗的部分倒置过来


*

仅用一枚橘子

就填补了午后的空白

仅仅在画布上画出歪斜的树

就填补全市的空白

但是，空白是绝对的

在你我之间


*

在路边的草丛里

发现一只蜗牛

它湿漉漉的心脏

紧贴着地面

蜗牛已经意识到要播种了

便去树林里拜访远方的亲戚

它缓慢地移动着

——春雨


*

世界有多大？

肯定不是人们说的 M 平方公里

也不是被不断拓展的野心

世界不是宇宙

宇宙有边界，有黑洞

存在着反复爆炸的可能

世界太抽象了

没有面积也没有体积

世界不断被虚设

即使你搭上整个一生

也未必找到自己的根据地


\*

你躺在沙滩上晒太阳

晒出黝黑的花朵

晒出黑熊或者蝴蝶的故乡

你发现风有些大起来

你拍野生，拍死去的椰子树

曝光就要老去的身体

你随意耗尽时光

像一座孤岛


\*

章鱼的巫术如诗的写法

祛魅的魔爪拨动淫靡琴弦

人们沉浸于颜色转换

忘记掉云山雾罩的小把戏

我身处这幻灯的核心

却与寒地风土藕断丝连

——不得做一次秀

勾引出乡愁，草帽装海水


*

海浪向岸边袭来

海浪像一条水蛇远去

这个过程不断演绎的结果

是天色逐渐暗淡起来

你说必须在海水退潮前

离开这里，必须尽快离去

而在西岛的上空

一只受伤大鸟俯冲着坠向大海


*

你因为癖好而亲近深蓝

你三角形的栖息地靠近暗礁

你拿出假期的日记本

打开中间的白页

你不想写下一个字

也不想画下潜在水底的动物

你用沙砾埋掉"此刻"

然后躲在有阴影的榕树下

等着木棉花开


\*

你的脸如绿松石

眼里有船起锚

你接受大海的教育

——浓云否定晴朗

你这样安慰自己

像安慰着地球的未来


\*

走进词黑色的内部

走进蟑螂般的内心

——需要耗时十分钟

或者一个小时

甚至就是整个的一生

你说——

这个词，荒芜

如故乡

*

谁会从山那边走来

谁会从海的对岸与你对话

谁从沙漠腹地带回一只蝎子

然后，傻傻地

忘记你的恶

像最后的一朵合欢

守着你的躯壳


*

这一年，有三个春天

一个在海滨三亚

正月初四下起柔软的细雨

另一个在三月末的北京

我踏出西客站的大门

就看见了玉兰花开

还有一个在黑龙江

人们五月初才从雪下钻出

并摸一摸自己的骨头


*

转眼之间，这些树枯萎了

成为摄影家胡乱拍照的对象

遭遇车祸的外地人倒在地上
大街正播放经典的爱情歌曲

如果背对着太阳思考未来
你就不会对自杀者充满困惑

内心的恐怖源自于一个词
早饭吞下了一枚银色的药片

*

北风里夹杂着农药气味
北风里杨树开花，白絮纷飞
毛虫爬到地上，像瘟疫到来前奏
你呼吸受阻，躲在房间里
你有些眩晕感
渴望一场神奇的雨
你对北京气象台产生前所未有的依赖
这会儿，风向发生了改变
你试着把脑袋转向东边

*

昨天，乌云蔽日之时

我第一次看见通体发光的虫子

沿着滨河中路爬向滨河南路

一条虫子的出现

让乌云这个词有了新意

是的，可疑的虫子

一个新的经验主义者


*

再过十分钟我就喝完了午茶

再过半个小时我就去摆扑克牌

再过一个小时，我要如厕

再过三个小时我就要深深睡去

再过六个小时，南太平洋有地震发生

再过十二个小时就是早晨了

我就会重新睁开眼睛


*

昨夜一场骤雨

打碎荷花的出家梦

一河富氧化的排泄物

只见绿肥，不见红瘦
高速火车逼停水雾连
你缓慢太极，呼吸柳岸
道可道。非常不道


*

苍蝇从手指间逃过一劫
八行之外丢了最好的一句


如果要编选《阿西诗集》
这一首肯定不在其中


就像一个老人回顾一生
放心的事情被首先过滤掉


苍蝇从手指间逃过一劫
它矫情，下一次必死无疑


*

夜晚属于孩子的哭声
而在窗外，下起了中到大雨
隐隐的雷声不停地炸响

像居住在世界的边缘，我没有惊悚

手自然地伸向空中，摸到了疲软

这个死去的青春，曾反复明暗的幻象

如今已成为不入流时代的标本

我试图把它摸硬

摸着远祖遗留的最后一截阳光


\*

柏树被烧灼成灰烬

柏树躲在我们身体里继续生长

你不再屈服于尘世

坚持每天写作，坚持挺拔一下

把自己想象成一个诗人

或者一个路标

但柏树确是成为灰烬了

你说必须保留好这些干净的灰烬

尽管这不是义务


\*

春天里要让两株玫瑰复活

要在天空的高处

否定那些愁眉苦脸的人

不，你不是春天的代言人

更不是春天本身

你说这两株玫瑰如果复活

其余的一百株玫瑰也将会复活

包括悬铃木和桑榆


*

红薯不会中暑

红薯总能够将藤蔓爬向低处

汲取湿润的凉意

红薯在七月里悄然变大

变成你未曾谋面的思想家

它拥有土的气味

拥有未经紫外线暴晒的好皮肤

它不会眩晕或迷幻

当叶片枯萎

一首诗就写完了


*

每一条路都通往密林深处

通往小叶猴的古巷

虽然不是你的祖居地

你还是反复尝试跳跃和攀缘

你发现自己尚可野化

尚可发出尖细而急促的鼻音

你说，这是文学的归宿


*

阿司匹林是一本诗集的名字

阿司匹林在时代的缝隙里给药

阿司匹林不是一个好大夫

阿司匹林只是一个名词

阿司匹林已被人们彻底忘记

人们开始患一种怀旧的死病

在电脑上复制阿司匹林

复制并不甜蜜的绝望


*

你在跳蚤市场表演打铁

泄露假古玩的秘笈

当然，买蔬菜的人不会收集证据

不会怀疑你的好手艺

放心，没人要你手中的铁锤

没人抢你的饭碗

但人群中有一双眼睛

正死死盯着坠落的火星

死死盯着他的炼狱


*

我……焦虑……吗

我能否用一下午的时间

不做任何事情

包括不翻杂志不浏览网页

不看手机信息

不考虑怎样来点必要的进账

以及，关于腐败的新闻

和公道又被强奸


*

我们生于 1960 年前后

或者生于 1970 年到 1975 年间

我们身上确有一个或是几个黑洞

当我们蓦然于早晨发现了太阳

你不能说出要有不可见光

*

9月1日，孩子带来新的忙乱

你行色匆匆，看着诡异的天空

在路口发现洄游待产的中华鲟


因为对学校的憧憬

你举起旗，将洗白的孩子

带向蜂拥的排卵期


*

中秋可以不思念任何人

甚至不煮新米，不去窗台前

吃月饼。中秋可以不喝酒

不说些与蜂蜜相关的话

中秋用一个又一个"不"字链接

然后读盗版的月亮


*

城市外环，盲肠直肠发炎

手术车被推下应急通道

偏偏下雨，交通发生梗阻

用于抢救的时间被终止

卷三　长诗

# 雪的敬献

妈妈，秋天流着血离去，雪已经灼痛我

——保罗·策兰

## 1

一场雪的到来没有先兆，寒冷
只是它的表象。一场雪的本质
让你看见了过去，甚至是死亡
而今天是你的生日，你的母亲
却只如雪下陌生而冰凉的石像
你无法在雪中找见八十年前的
她，献上一个迟到的女儿之吻
但今天我让所有的雪去亲吻你

## 2

我把你比作太阳花，小太阳花
脆弱花芯早已注满大雪的苍凉
你从三岁开启的孤独与冷叙述

只是时间在大雪中留下的冻伤
从未愈合，不断滴下雪的血迹
兀自在雪地上绽放，或者消失
你寂寂一生，恒如漫长的冬天
雪虽天赐，却是我最好的礼物

3

一九五二年的大雪埋掉了房子
你有了他，我雪人一般的父亲
他懒散幽默，有马厩和旱烟味
你嫁给他并为他的姓注入雪水
掏空胸腔填上地址不详的日出
风暴会毁灭雪的山脉，但你们
一直站在最高处，像两只夜枭
四只眼睛不断射出温暖的雪光

4

空气在挤压雪的心脏和呼吸道
空气欠下雪一笔昂贵的生死债
你放弃追索，放弃三只小公羊
从身体里走丢时留下的撕裂感
你的双手紧握住雪这个字不放

咬住雪的牙关，用雪做成药水
治愈自己的头疼，腰疼，腿疼
也治愈给自己接生时雪中的疼

5

雪是土壤的一种，我耕耘着雪
收获寒冷，收获寒冷中的小学
雪还是烟囱，冒着家愁和雪亲
无数个雪乳曾喂养饥饿的宇宙
而你用雪爱我塑造我，教育我
雪也是一爿失去主人的老菜园
韭菜小头葱冬小麦在雪下疯长
它们带我走入了雪绿色的故乡

6

你已是雪的矿脉，只要我开采
就能找到你身体里纯粹的白金
找到凝固的白云飞翔的白骏马
找到抵御冻伤心灵的那口热气
在雪的黑暗里有条白色的小径
连接着大路口，连接着新世界
明亮的曙光。我不断向外挖掘

我敬畏雪脆不可碰的善良和爱

7

假如我说出雪曾经陷入的绝境
洁白的河床就掀起黄沙的革命
你就会成为遗址，挂在镜框里
我就会在镜框外的雪中被风干
现在，我仍走在雪的迷茫之途
雪的皮肤干裂，雪落满了尘土
我跋涉雪如跋涉你内心的荒漠
我要带你走出这糟糕的坏天气

8

好吧，我尽量克制说出所有雪
所有的雪都不算是对你的回报
所有的雪都洗濯不掉你的沧桑
不，你已经平淡地说出了美好
说出坚硬的雪将消融注入大海
注入向日葵的种子和我的春天
如雪蚁，你有不小于一的悲辛
如雪鸟，你有大于一千的虚怀

## 9

时光已经不多，你仍迈出雪步
走下楼在两个雪堆间停顿几秒
像航班不会停靠雪中的候机坪
像一把竖琴雪并不再将其弹奏
你把过去分解在雪的分子式里
吃掉，像吃掉一碗雪的长寿面
然后你要面对更大的雪。而我
必须在最后时刻将你带出雪地

## 10

雪曾是我的阅读对象，但如今
雪不仅是我珍藏的圣物，还是
我和我两个姐姐两个弟弟一个
妹妹最后的牧场，是更多人的
节日晚餐。此刻，雪在晚霞里
折射干净绚烂的光，折射平静
折射母爱的脸。当雪彻底停歇
我感恩的冰山露出圣洁的锐角

（为母亲八十岁生日作）

# 秋天的四个重奏

## 采摘

A

温情的好礼物，是红与黄
略带青绿，间或半爿的秋心
让脸庞投影在白云里
脚步不老，头发也染了五彩
勿话沧桑，且接近农事
晚熟的迷局中与衰败争春

枯萎藤下悬挂一串紫葡萄
尚未坠落，尚未返回乌有村
两个葫芦之间不选择表象
你在番茄枝上捉到一个青虫
你拍照，拍下光影中的小身形
拍鸟雕琢过的梨局部发黑

幸福的事就是快速中饱私囊

如硕鼠，满身都是富贵气
莫名的闲愁，莫道天凉好个秋
你误入交响诗斑斓的序曲
关于采摘的旋律：爱不在枝上
只须径直走进词的他乡


农家女手持锈迹剪刀耍魔术
弯腰剪果，像一个老练的农妇
残损的竹筐装满上等的柿子
都是好气息，令人迷恋又痴醉
一些熟果兀自堕落在地
是的，果园很快将彻底虚空


B
从文本到另一种文本的转换
关于乡村从现场到生活的过渡
或情色里轻度出轨，做美术
露底。外挂的红辣椒不要采摘
像回到了娘家，安静地坐在藤下
屁股沾些泥土，梦也开花


不须谈论诗或者绘画的可能

不须从古人的句子里发现新意
遍地袈裟，遍地都是伸展的藤蔓
虽离乱，却再现地道的生活观
每一脚都会踩破一个糜烂的故事
外表溃疡，内部仍在发酵幸福

岁月不流金，今天要自我流放
若遭遇霜期，采摘就要草草收兵
置身烟火人间，处处可见笑脸
但是美国白蛾已经疯狂爬满树枝
啃噬秋光，篡改国产主题
我们如何能守住非转基因的美德

醉心于并不完善的摄像
小桥无流水，寒鸦并未上树
农庄挂彩旗，升炊烟，鸡鸭鹅狗
这是何年何月？是京郊的佳境？
你说回到雾霾的核心区之后
唯有这些有机物可延缓空气的污浊

# 远足

A

天高云淡，望不断南飞雁
打开词的枷锁，双脚走出地图
去往何处？何处之处茫茫
只是芒萁在前边延伸乌鸦的前程
唯有未曾涉足的撂荒地和不毛之地
适合我，适合词没有目标的远足

不拍照，不在风景中逗留
不与陌生人谈论本地政情民意
在幻觉里持续走向不确定的地名
哦，一个幽灵游荡在大都市的边缘
一只并不算特别倒霉的灰鼠
倾力跋涉晚秋最后的阳光

前方是一个被遗弃的垃圾场
如画家的巨幅画作，画框早已破碎
前方有坑穴，砖窑熄火，无人
像死亡之地，更像曾经的梦工厂
前方很脏，尘土飘飞裹挟着纸屑
在拆迁现场我没去听民怨

我看见地里收拾庄稼的农妇
她们拒绝与我展开关于收成的对话
一路不花枝招展，一路无声无语
只看见一些男人的脸谱，孩子的脸谱
村干部的脸谱，卖秋果的脸谱，各种
不清晰的脸谱和所谓民间的脸谱


B
城池里的人越发疲惫，必须远离
城池里的人身体之火暗淡，必须远离
必须远离他们。我不停地走
顺着一条毛道走下去，走过了人群
走向比虚无更虚无的新土地主义
脚下的道路链接着不清晰的路


我不停地走下去，未知的地方
未知的方言和未知的食谱，无风情
也没有值得面对的眼神。不回答自己
我只透过远足把这个星期天拉长
我要从眼前的荒芜到达更遥远的荒芜
我要遭遇今秋第一场真正的大风

随意睡一觉，不惊扰草中的小虫
不给别人打电话，不询问亩产和总产量
不观察，不倾听，不煞有介事地思索
世界是个巨大的气泡，随时会爆炸
我只想走出这个彻底失语的地区
不再心事重重，身体也越来越轻盈

人在哪里？忙什么，和金钱相关？
我没有好奇，不驻足，向更远处走去
我是这个秋天唯一远足的诗人
穿过所谓的目的，穿过所谓的死亡之地
一路上我只看见些野狗，吠叫或
不吠叫的野狗。大约七八只

## 观水

A

静坐古运河边。秋水拍打小树
拍打野鸭。秋水涌起单音节的波浪
我也被秋水拍打，心湿湿的
后背阴冷，但当阳光照射在后背
就立即拥有温暖，沐浴余晖
就忘掉化工厂和火车产生的黑雾

不远处尘土滚滚，向孤城袭来
气流里模糊的现实是变形的楼群
秋水无声，把这一切刻入水中
秋水里有残花败叶和塑料玩具废品
秋水这个词也随之漂浮在水面上
看着秋水心境越发淡远

我模拟打枪，枪口对准天空
想象射下一只雄鹰，摇晃着翅膀
坠入水中。秋水迅速成为墓园
安葬了雄鹰，安葬空想主义的头颅
身后草丛凄凄，暗藏着一只孤狼
它静坐在2013年的高地，看着秋水

谁向一只乌鸦发出寒冷的预告
声音却在自己的胸膛里反复涌起涟漪
这种观水的方式，有些不符合逻辑
过于肤浅，会失去秋水真正的美意
是的，一个人观水，静止是绝对必要的
而心止于波动的波峰才会凝露

B

观水很好玩，像是天上的游戏

脑海不停地翻滚变幻莫测的文书

抛弃白云的游子，有着空无的肉身

如少年，误入无知而虚妄的他乡

我以水为镜，我随气漩重回出生地

重启没有知识的逍遥游……


秋水平淡，适合我择水草而居

秋水孤独，我将引水进入心田

秋水广阔，可放逐尚存的理想之光

秋水冷冽，我将尽快找到温暖的人

秋水安静，我听到自己在呼吸

秋水如银，我不再对虚无有任何恐惧


佯装困倦，我不流连码头景观

不赞美秋水里那些红黄相间的叶子

秋水否定自我安慰，否定鸟的图谱

秋水是我的知音，乐章并不凄凉

继续观水：我的眼里出现一轮明月

继续观水：体内流动起一条明河

静坐整整一天，不寄托不思忖

不转换黑白，我空空消耗了光阴

而一河船运史早已被淹没或荡涤干净

但历史不是死亡，它正告别死亡走出死亡

岁月是大地和天空间飘舞的白练

我闭上眼睛，构想奔腾之势

## 读菊

A

日子阴翳，银灰色的天空下

灰雀找到了好草籽，也找到新家园

在默然回首的瞬间它望一望太阳

而我在搜寻，我要搜寻到一株草菊

一株白色的野草菊将抵消仲秋的颓废

帮我将萎靡的语言转化成邮局


其实，白色野草菊没有什么高身价

它们本不是长在居室里的那种小点缀

它们长在荒野中，但有自己的尊严

清清爽爽的品格，低微而不自卑的气质

总是和天空保持着绝对的距离

我需要拥有他们那种自然的卑微和自信

静静地隐藏在词语的下面，像暗河
草菊将美的力量深藏不露，从不事张扬
它们长在哪里？是否正在赶往祭奠的途中？
草菊不附庸俗世，它们的生命足够顽强
当雪花飘下，它们就成为冬天的尚品
以洁白的娇贵为一首好诗隆重加冕

这多年生的草本植物越发稀少
甚至正在被人们忽视，不断移除风景区
但它们是我的贵客，是这个秋天里唯一的贵客
像一封封家书，它们还寄托着我不安的忧思
假如你也拥有它们，它们将是你的慰藉
而人间也因一株草菊多了些许的圣洁

B
这是唯一的一株，白色野草菊
小小花朵，并无任何多余的枝叶
想象它的前身，该是一只鸽子
曾穿过无数狭窄的暗道，穿过天空
化作所谓的光明，化作大清新
一株草菊，具有革命家的启蒙性

如太阳升起在冰河期的远方
它远古的思想，从来不愿流露
它出现在眼前，如同诗人的浪迹史
它迎着寂寞的风，比寂寞有风度
它因为冰心而越发显得端庄
端庄得整个北京东部地区为之肃静


一株草菊的清馨，越过了防风堤
一株草菊的内心，越发空灵而神圣
一株草菊的秋天，无数心语需要破解
一株草菊，正在发出金属的声响
它审视了我，拒绝了我，验证了我
它谋杀了我，安葬了我，新生了我


一株草菊潜伏在我的身体很久了
一株草菊开在我无法看见的阴暗之中
抵御我的恶俗和轻浮。正因为如此
我并未采撷，未毁掉世间尚存的美德
是的，一株草菊足以核验我
是的，一株草菊打开了白色之门

# 坝上五日

一只鹰徘徊在乌兰布统的上空

——题记

## 第一日

草原如块状海田

飘移，释放细浪的秩序

休闲的白云投下阴影

你循着鸟的啾啾声

寻觅散落在山后的蒙古包

白桦树摇曳蒙语长调

裸露美腿，要出嫁

我追逐京北的风

追到太阳湖边

等候日落的人坐在晚霞里

几个游客看骏马交配

（傍晚，兰玲藏于丛中

野百合幽闭了山谷

而久旱的花心，出水

一棵黑影般的树

被啃噬的枝干如枪托

纹理极力向下抓去）


草原微弱的心脏

悬置天边

它们的寸草心仅为寸草

唯这些羊粪解草原的风情

汽车冲上砾石高坡

把春夏之交的死亡抛在后头

烤全羊的人烤自己的冷胸

天黑之后，狼出没

开始写出嚎叫派的诗

但眼下有玛瑙引诱眼睛

遍地皆为宝，却寻不到手

人人只能有眼无珠

夜已寂静，万籁入毡房

我们和毡房同睡乌兰布统

鹰和老鼠仍在高地

守着各自的黎明

# 第二日

画一般的阡陌蜿蜒进入

阔达的阳坡，军马已解散

或漫步或睡卧于水边

草中人低于一片水域的倒影

完全没入无人的意境

你只是不停地大口呼吸

呼吸琪琪格晚景里的须知

（彩条旗悬于苍生天

车前草也是牛粪的一种

胡歌里的皇帝女儿

捡拾去年最大块的牛粪）


公主湖上游的狼烟消散

数百年前，英雄在那里玩弯刀

如今旌旗变哈达

赛马会是光欢快的冲击波

但是，小沙漠没有驼铃

我们只好自己装出异域风情

骑马而来的不是王子

而是从北京出发的一个行者

他把北京城甩在山后

天空干净得如刚刚洗过

(御道连通御泉

康熙年间的黑犬在塞罕坝上

追赶着羊群，我们进入桦木沟

风景太美，猎奇变猎艳)

## 第三日

骑马如骑古铜镜般的太阳

如果是冬天

遍地鼓起银白的蘑菇云

会让你在草原上度过所有的余生

现实比想象完美十倍

还有先知者白头翁

于饮枯藤下的一眼沙泉

它死死盯着属于王位的山坡

红果挂在树上供山鸟分食

(你从辽宁来听牧歌

带来喀左醋，搭配牛肉干

我用眼前的欧陆风情

搭配二锅头)

老虎曾临水扎营

安详而有尊严

它们传奇的一生在牧人间流传

我把上世纪的木屋摄入镜头

还摄下一个天人的海拔

是的，人到了坝上立马高大起来

可以俯瞰石头山，俯瞰东方

俯瞰红云的玫瑰园

如果站在蛤蟆坝子上

就会看见它左侧的三层峦

右侧的叠五嶂，看见

光影中的大我与镜头中的小我

然而，真正的牧羊人

满脸沟壑纵横，身披黑棉衣

声音粗犷，有一种离愁的辣味

他身后是一首缓慢的长诗

他赠给我礼物——

是衣兜里的"暗火"


## 第四日

傍晚的光和煦，一泻千里

我找到平坦的坡地躺了下去

赤裸裸的身躯定格于坝上

让乏味的注解里多几株艾草

与草原零距离，老草扎进皮肤

（我躺着，辽阔的江山静谧

空气排空了黑暗的灵魂

大地之子与大地同呼吸）


我的肉身在飞翔，草原

沁脾的气息浸入自己的心骨

地球如磨随我同步运转

我开始坠向无欲之渊

而行囊超重的人和失去耐心的人

去克什克腾，带走草药的标本

他们在黑夜来临前发出

我担心他们遭遇到野狼或者狐狸

（灵魂在阅读石碑上的清诗

读杀意，读一个部落的雄起

也许读到了一个姑娘在倾听流水

淙淙……淙淙……淙淙……）

通往围场县的路旁

一只羊的尸骨做路标

# 第五日

在坝上，人如羔羊

有天性的温柔和透明的肺部

如果看到日暑就写下诗

兀鹭也在自由布道

花枝上的舞蝶拥有斑斓的梦

所有生灵，无论是否强大

都可以实现救赎

（凉爽的啤酒风里露珠夜光杯

德德玛，亲爱的德德玛

你的小马驹，落单的小马驹）


沙丘旁的小路上

无名氏的坟墓陷在沙堆里

花海停息之后游客止步

大家不再是一心为二的美学家

当然，生活不是旅游

草原陷住了一辆贩卖西瓜的四轮车

但啄木鸟依旧接受了风的建议

把抒情诗变成简单的叙事诗

一切都不比想象更糟糕

我不再反复雕琢那棵枯树

无论它有多少深深的寂寞


很快，马群绕过沙坑

躲开了观摩的应景高台

向草原的边际奔腾而去

马语者是最早见到太阳的人

他没有和我话别

我离去，而鹰继续向上盘旋

鹰看见坝上正掉下一块

纯度极高的黄金

乌兰布统

遍地金针如毛

# 献给出生地的诗

## 1

一只手从零点向上伸展

躲过九十七双眼睛，触动黑暗

像锄头在草地上发出微弱的声音

这不是上帝的手，也不是我的手

是心血病患者弯曲的手。他躺在床上

手伸出去的时候另一只却握在胸口

握着黑色的闪电，握着世界另一端的

冰冷。他尚有恐惧未能消除

## 2

小时候，我有一个残美的家园

房后的榆树总是歪斜着倒在夕阳里

我坐在树下，头上栖息着麻雀

叫喳喳的麻雀想法比我多很多倍

疲惫的父亲依旧在河边晒着他的渔网

好像落日在他的网中。他抽着旱烟

很粗的旱烟，雪茄似的拿在他的手上
我曾经的理想就是能像他那样
抽粗粗的旱烟，在地上留下黑黑的影子

3

贫困时的笑脸是伟大的
它像糖块引诱人说出自己的心里话
当小蜜蜂也来报到，把爱带走
世界就没有了可怕的恶魔
1962 年，人类营养匮乏，无法生长
我以石头为故乡，人间的苦恼
却像罂粟般长势喜人，在风中挑逗

4

仍要把赞歌献给荒原，我的妹妹
飘着长发，她还没有出过远门
而在塔克拉玛干，或科尔沁这些地方
虽然也要抵御冷漠，甚至是死亡
但那里足够空旷，可以让人放声大喊
她们要去那里生下许多的孩子
每一个都长寿，并像史诗般雄壮

5

早晨一只绿孔雀开屏，在云南
穿布鞋的姑娘去了凉山，她要送
一只羽毛给心爱的人。这圣物
也曾是我们的，我们叫半坡遗址
或者叫黄土。我们若以阳光为棉衣
就会相信爱情，相信一次旅行
便怀揣很多金子去任何地方
春天应该平静而空无

6

第一次在万米高空往下看
看长江与黄河，看村落和市镇
看这个不断变换颜色的大地
看它的意志像烟囱一根一根的伫立
我还看见许多山，高山与矮山
它们体积庞大，拥有古老的名字
看到蚂蚁一样的人群在移动
忙碌着，但我其实什么话也没说

7

我一直希望回到原野上生活

或者将父辈的房舍赎回，按照原样

重建。在屋后栽植杏树和杨树

门前的庭院种上几种母亲花

把脚印留在那里，把许多细节完成

我喜欢侍弄水稻，至少三亩以上

在旁边开一条小水渠，自然就会有鱼

我带着女儿在那里学习代数几何

告诉她土地的逻辑简单而又非常适用

当她长大后若离开了那里

我就等着她回来，等她回来看我

一直等到那片原野被别人垦殖

8

一些激动的人，不停打着手势

好像考古学家发现了诡异的秘密

但对于地球来说我们都是过客

唯有那些山脉才是它永恒的居民

因此，我常常独坐于幽暗的房间里

闭着眼睛想象自己与昆虫的区别

我听不见福音，也听不见诅咒
只在心跳的间隙感受到故乡的存在
它让我想起昨天走路碰到的石头

9

我深情地眺望着东北方向
像一只走丢的马匹，失望地回望
那是一片巨大的平原，像明镜般明亮
而深邃。它曾让我浅薄，不谙世事
像困兽必定遍体鳞伤，但无怨怒
而我也终将老去，老在另一个地方
都市里的白桦林将把我埋葬
那时，我的故人们都化作天鹅
从我的头顶飞过，飞过曾经的水塘

10

我没有什么朋友，但都是友人
无论住在渤海湾还是叫不上名的边地
我们居住在同一幅画上，颜色不同
历史的维度也不同，却吃同一桌晚餐
在同一个时刻完成相似的新陈代谢
我未曾承诺过，也就不存在背叛

但我绝不会成为任何人的敌人

就算是有罪之人，我也视为友人

我们握手相拥，说出最后的真话

我剩下一个果实谁都可以拿去

# 湿地之年

## 开篇

山羊忍受春日的寒意绕过小树
牧羊的孩子像一只羊望着闲云
永不绝望的只有最狡猾的水獭
风雨交加就走向草丛或高坎上

## C——1

稍远处是黛色的山峦，迷雾中
隐形桥，拱起在地平线的两端
这梦乡正在迎来唯一的梦游者
他不会思考，只喜欢矮小黄花

周围是波浪般涌动的无边原野
低矮处一泓清水连着一泓清水
梦游者还没有醒来，他睡着了
睡在色彩中像一个代词在劳动

我褪去装束，赤裸地坐在地上
我是一个身份不明的梦游者
在潮湿的地上写着植物的名字
它们比幼芽更精确，解放了我

A——2

一个人就是大宇宙，但在九月
镰刀的亮度可以阻止岁月蒙尘
发黄的镜像不断照见自然主义
我站起来，于鸟羽清冽的流淌

把马拴在树下，不让它受惊吓
它就要产下第一胎，是第一春
这与女人无关，与梦游者无关
高尚的马喜欢按时受孕与分娩

太阳是最简单的牧师，教诲我
也教诲所有的马走进黑色中
晚霞像副好看的刑具套在头上
圣灵皆有母亲，却是正在死去

B——2

芦苇中忧郁的眼睛损害了芦苇
看上去枯黄，像死亡的迷魂阵
弟弟还没有长大成人，他无忧
他钻了进去，需要十年走出来

敲击空无的芦管，回音很清晰
顺着一条暗道吃下新鲜的蜂蜜
时间尚不会产生疼痛的冲击波
有人把答案藏在很小的石块下

那些穿山甲或体型肥硕的老鼠
找到了伴侣，找到恰当的比喻
这片芦苇长势很好却终将烧毁
我们将在灰烬中互相完成确认

C——2

只是对自己说，继续对自己说
说说这些泉水，说说这些星星
说说药丸一般宁静而深邃的夜
你的命运注定神秘而不可阐释

你在荒野里谱写他人的安魂曲
清风徐徐，浸透了贫瘠的亲人
他们迎来了曙色，穿着花衣裳
你祝福他们，走进自己的坟墓

你需要的只是时间，需要平静
你把自己活成荒岛一片死寂
而周围百花盛开，无名的百花
于坚硬的冰雪中将你层层包裹

A——3

颤抖的边缘，向着结冰的地表
孤狼最后走向时间，一切哑默
夏日的画轴将金黄的树枝卷起
卷走尚未迁徙的大雁，埋入雪

你说还有野鸽子正在觅食草籽
早晨八点钟，一个妇人在打渔
透明的冰雪下孕育透明的生命
凡是活着的，围在一起吃早餐

我不做出假设，不再迷失花园
或许还应该去安慰：那些假人
那些无家者，睡不醒的梦游者
在一针见血中获得简单的幸福

B——3

需要焚烧，一场大火后的天地
不再是天地，而是深刻的寂灭
长出嫩绿色的靰鞡草和蚂蜂窝
蜘蛛复活，小木船上建起家园


燕子很会栖居，它们嘴衔新泥
脚踏牛蒡，世界早已水漾成湖
去年的野果吸引新生的小黑熊
它闯入，它开辟出一条新丝路


那些异类在沉睡中恢复了呼吸
它们是蚊蝇水蛭以及无嘴蚯蚓
很快也获得了又一季的梦想
它们画出自己的画，相济于世

## C——3

飞禽盘旋上空，它们各自为营
没有新仇旧恨唯有追逐大气流
局部的和平被它们彻底打破
接下来的战争或导致鼠类灭绝

我加入流亡的队伍，一路向东
"应该是七月里最美的一天"
大片的向日葵成为飘扬的国度
我消失于迟到者设计的美图里

在阴雨天，患难者汇聚在一起
"我从不相信上帝也不信佛"
最糟糕的人以这种口吻写自传
他一只脚深陷泥潭，满目苍凉

## 结束

信奉自然的人最终逃离了湿地
他几经周折回到了语言的岸边
在某个夏日老去，他一直相信
凸凹不平的地方必有水和荒野

# 白皮书

一

我出生的地方青草如琴

黄沙铺路，太阳洒下光珠

父亲常常一边牧马一边垂钓

他吹口哨时白天鹅便漫步

当燕子衔回新泥在房梁上筑巢

寂寞的夏日在窗外发疯

我的左臂，我的右脚

便在雨水的浸泡中逐渐变大


母亲们走在祈求粮食的路上

她们在破房子里生下我

然后在五百米的半径里锄地

喂鸡和猪，喂很多弟弟和妹妹

他们没有名字，甚至没有衣服

他们高兴的时候忘了天黑

忘了邻居家正在死人

是一个中年人悬梁自尽


我从死亡的事件中学习爱

知道哭泣是因为痛苦的丢失

有时，对一只鸟的哀伤

会大于对一个人的哀伤

人们喜欢上了贫穷，就像喜欢

原野上毫无用途的水和草

而我对蒲公英格外敏感

它们开花时，我胆子小了很多

我担心整个世界即将灭亡

我的亲人们活不过下一个冬天


火车像妖怪放出滚滚浓烟

它总是从西方准时开来

我渴望着火车，听它发狂般呼啸

火车远去之后我便在马厩里

追赶成群的麻雀，累了

就躺在草堆上想一下好看的姑娘

有时会梦见草莓红了

我开始偷偷地写诗，冬天到了

车轱辘发出不规则的叮当声

二

人是什么？

是长着两只眼睛的老榆树

还是拥有心脏的深井？

人同牛马家畜都在黑土地上

耗时光，疲惫中看着同伴死去

或玩着最简单的游戏

灾难迟早将他们带向另一个地方


我学着对土地唱出最后的恋歌

包括土地上的庄稼和没有节奏的鸡鸣

包括原罪和所有自然现象

我发现人的心已经石化且发黑发硬

但大家仍像牲畜一样彼此相爱

构成永恒的图画，或民风

真正的人都是小写的


镜子里有一条蛇在爬行

它怀疑自己是蛇，怀疑自己的前世

怀疑镜中的国度不是自己的国度

它想躲起来，隐匿在光的阴影之中

它没有尊严，只能尴尬地爬着
它不想彻底猥琐，一次次责备自己
它学会了人类的思考
反复地预谋，绝望地寻找路


我有时混入牲畜的行列
有时进入镜中，像蛇一样思考问题
我发现目光总是回到原点
而世界像瞳孔仍在不断扩散
是的，盲人世界里谁也不认识对方
而每个人都不知道自己是什么
将去哪里继续活下去

三

体内流淌传说中的泾水渭水
像爱你的人和你爱的人
达成了合约后各自不再独立
形式上完全相融。一条污浊的河水
形成莫名的波浪和漫天浓雾
很快大雁排成人字队形
整齐地进入云端

五花山的糜烂很诗意

有人在缤纷落英中发现自己的奇迹

有人一直病着，甚至一病呜呼

我只是不停地走动，给各种病命名

当大家相信医生的时候

我却在两个端点之间不停地往返

我的快乐常常是发现新的病例


我去过很多地方，频繁更换住址

但我需要一块真正的空地

不仅适合写诗，还要适合绘画

"闭上眼睛吧，我的诗人"

每当我听见这句话都会格外幸福

好像时光变成了可爱的礼物

变成珊瑚可以多次复活


所以，我给病人以我最后的爱

不是朝霞的爱而是黄昏低垂的爱

他们是不死鸟，是爱的岛礁

他们是贫瘠的土壤，应该开满鲜花

只有他们幸福了，人类才完美

但我不是真正的医生，我流连风景

我还不能让所有人新生

# 四

虚构庄园的人也虚构天鹅

但不爱黄犬的人从不会虚构夕阳

更不会虚构一封信件和路口

我开始虚构白墙或者白布

虚构原生态的语言和人类的诗篇

这一天来得有些晚，可能仍未来临

虚构一个剧场里已经座无虚席

而主角却不急于现身


乌鸦躲在一棵树上，把漫长

延续到另一个夏天里，把黑夜

隐藏在黑色的翅膀之下。它飞走了

人们不再讲一些夸张的假话

不再激动和高亢，而是屏住呼吸

试着辨识虚伪，尽管有些压抑和恐慌

是的，真理往往被抹黑

所谓的坚守就是等着最后一缕黑烟散去

我是一个敲碎梦的人

一些人穿着宽松的衣服走过来

陌生的眼睛紧盯着房间每个角落

似乎秘密即将被揭开

在数数的过程中，新的问题出现了

我知道答案，但不会说出

就这样，我和陌生人变得越来越胖

天空的云也越来越胖，飘不动

我们共同承担着时间巨大的压力

气管出现了问题，开始咳嗽

我们的眼睛终于读懂了这个时代

面对鲜红的颜色

它固有的预示被药水还原出来


我抚摸时钟，趋向淡泊

话总是说半句，被省略的另一半

往往构成了自否，像南辕北辙的人

对自己的信任总是一个负数

我不再祝福，免去了最后的权利

仅以一个司机的身份

对自己提出必要的忠告：

控制好速度才能控制好结局

# 五

渤海湾被浓雾深锁，像一本书
所有的字迹已经彻底模糊
我需要船，我需要具体的线路图
我像渔民那样，习惯性地眺望
海鸥仍把家园建在彩云之上
我试着确认方向
借助风力才可能会进入理想国


船处于原地转圈的状态
没有开始就已经结束
所谓的终点就是起点处的空白
一次次，一次又一次
时间消耗了耐心和仅有的能量
我把眩晕的墨汁全部撒在海面上
形成山峦，足够雄浑
足够茫然——我终于看见了海岸线


早上九点钟，我站在船舷上
朝霞穿透浓雾撒下一层层光环
一生的幸福如此简单而遥远

不，就在眼前，伸手可及

但我并没有伸出手，只是闭上眼睛

让骨头也接受一次沐浴

我深爱的世界曾经寒冷且荒芜

如今已经辉煌。我仍然是一个孩子

一个被遗弃的孩子，海的孩子

一个走出坟墓的孩子

图书在版编目（CIP）数据

生活指南 / 阿西著 . —南京：江苏人民出版社，
2017.12

ISBN 978-7-214-21823-0

Ⅰ.①生… Ⅱ.①阿… Ⅲ.①诗集－中国－当代
Ⅳ.①I227

中国版本图书馆 CIP 数据核字（2017）第 329932 号

| 书　　　名 | 生活指南 |
| --- | --- |
| 作　　　者 | 阿　西 |
| 责任编辑 | 唐爱萍　张延安 |
| 出版发行 | 江苏人民出版社 |
| 地　　　址 | 南京市湖南路1号A楼，邮编：210009 |
| 网　　　址 | http://www.jspph.com |
| 制　　　版 | 北京大观世纪文化传媒有限公司 |
| 印　　　刷 | 三河少明印务有限公司 |
| 开　　　本 | 720毫米×1000毫米　1/32 |
| 印　　　张 | 8 |
| 字　　　数 | 40千字 |
| 版　　　次 | 2018年3月第1版　2018年3月第1次印刷 |
| 标准书号 | ISBN 978-7-214-21823-0 |
| 定　　　价 | 45.00元 |

（江苏人民出版社图书凡印装错误可向承印厂调换）